야생의

시간

차례

당신 … 7

야생의 시간 … 39

문 … 69

부겐빌레아 속으로 … 97

엄마의 진심 … 123

라스베이거스 여인숙 … 155

천사의 손길 … 183

해설 트라우마의 재현_소유정(문학평론가) … 212

작가의 말 … 220

당신

저는 좁고 가는 골목길을 걷습니다. 집들은 하나의 벽을 사이에 두고 다닥다닥 붙어 있습니다. 열린 대문 사이로 닳은 신발과 해진 빨래들이 보입니다. 슬레이트와 양철로 지붕을 얹은 이 골목의 집들은 한눈에도 가난합니다. 어떤 집은 화장실이 없고 어떤 집은 수도가 없습니다. 광장의 공동 화장실 앞에 길게 늘어선 줄과 수도를 중심으로 빙 둘러선 사람들에 의해 이 동네의 가난은 한 번 더 들킵니다.

막다른 곳인가 싶으면 샛길이 나오고 그 샛길은 또 다른 길로 구불구불 갈라지며 이어집니다. 처음 이 골목을 들어선 사람들은 예상치 못한 미로에 갇혀 당황하기 일쑤입니다. 제게는 너무나 익숙한 이 길에서 출구를 몰라 두리번거리는 어른들을 자주 마주칩니다. 저는 그들의 목적지를 묻고 그곳으로 가는 여러 갈래의 길을 차례로 알려줍니다. 어른들이 놀랍다는 표정으로 제 머리를 쓰다듬으면 어려운 산수 문제라도 푼 듯 괜히 뿌듯해집니다. 그러나 그것도 잠시, 급하게 휘어진 모퉁이에서 인기척이 들리면 저는 얼음처럼 딱딱해집니다. 폭이 아주 좁은 그 골목 벽에 배를 딱 붙이고 서서 낯선 이가 지나가기 전에는 꼼짝도 못 합니다. 멀어지는 발걸음 소리가 들리면 그제야 후다닥, 비로소 몸을 돌려 골목을 뛰어갑니다.

골목을 벗어나면 시야가 확 트이면서 제법 큰 신작로가 나오고 조그만 역사(驛舍)와 철도가 모습을 드러냅니다. 기차가 정차하지 않는 이 작은 역에는 제복을 말끔하게 갖춰 입은 신호원 아저씨가 있습니다. 저는 등굣길에 자주 기차를 만납니다. 아저씨가 기관사를 향해 멋지게 경례를 올려붙인 뒤 붉은 깃발을 흔들면 꼬리를 길게 늘이며 기차가 지나갑니다. 차단기 앞에 서서 어딘가로 떠나는 기차를 바라보노라면 목구멍 안쪽이 알알해집니다. 멈춰 섰던 사람들이 서둘러 철길을 건너면 멍하게 기차 꽁무니를 향하던 저도 정신을 차리고 다시 걸음을 옮깁니다.

기차에 정신을 빼앗긴 것이 저만은 아닌 듯 이 동네 사람 여럿이 철로에 몸을 던집니다. 잇따라 그런 일이 있은 뒤 철도 주변에는 높고 긴 담이 쳐집니다. 그리고 그 높은 담의 이쪽과 저쪽을 건너지르는 다리가 생깁니다. 저는 이 육교가 마음에 꼭 듭니다. 보잘것없는 동네에 처음으로 생긴 그럴듯한 시설물이자 제가 아무 때나 오를 수 있는 높은 곳이기 때문입니다. 견딜 재간이 없는 더위가 찾아오면 주민들은 이곳에 앉아 높은 곳에서 불어오는 바람을 맞습니다. 코타키나발루나 뉴칼레도니아를 알 리 없는 여기 사람들에게는 엉덩이에 깊은 진동을 주며 구름다리 아래를 지나는 기차가, 푸른 물고기 떼만큼 감동적입니다.

이때를 회상하면 저는 늘 어린 소녀가 됩니다. 오늘이 2046년 3월 2일, 내일이면 여든이 되는 늙은이인데도 말입니다. 그러나 당신 얘기를 하자면 그 시절에 대해 말하지 않을 수 없고, 그 시절에 대해 말하자면 그 동네로 돌아갈 수밖에 없습니다.

저는 육교를 오릅니다. 하루에도 몇 번씩 다리에 올라 아래를 내려다봅니다. 그즈음 저는 자주 가슴이 답답했고 높은 곳에 오르면 좀 나았습니다. 제가 당신을 처음 본 곳도 바로 그곳입니다. 그날은 비가 왔습니다. 저는 살 하나가 간당간당한 싸구려 우산을 쓰고 급한 볼일이 있는 사람처럼 계단을 뛰어올랐습니다. 징상에 올라 두 손으로 양 허벅지를 짚고 한참을 헉헉거리다 고개를 들었을 때 당신이 거기 있었습니다. 저쪽 계단이 시작되는 다리 끝에, 제가 늘 기대서서 기차를 바라보던 난간에, 당신이 있습니다.

처음 보는 당신은, 굉음을 내지르며 떠나가는 기차를 우산도 없이 바라봅니다. 비를 맞는 당신이 너무 태연해서 저는 우산 밖으로 팔을 뻗어 비를 확인합니다. 손바닥으로 여전히 제법 굵은 빗줄기가 존재를 드러내며 후드득 내려앉습니다. 어디서 그런 용기가 솟았는지 저는 당신에게로 갑니다. 당신은 제가 다가가는 것도 모른 채 하염없는 빗속에 있습니다. 제가 까치발을 하고 거듭 당신에게 우산을 씌우려 하자 그제야 당신은 고개를 돌립니다. 그때 툭, 위태롭던 우산살이 부러지면서 우산이 폭삭 저를 덮칩니다. 내려앉은 우산의 어둠 안에서 당신의 낮은 웃음소리를 듣습니다.

저는 당신의 얼굴을 기억해내려 애씁니다. 아니 어쩌면, 그 반대인지도 모르겠습니다. 지금 이 세상은 과거의 기억쯤은 아무렇지도 않게 재현해낼 만큼 발달해 있습니다. 저의 유년과 노년의 갭은 너무도 엄청나서 마치 몇백 년을 살아 있는 기분입니다. 원한다면 당신과 우리의 지난날을 언제든 화면으로 불러올 수 있습니다. 그러나 몇 번의 결심에도 불구하고 당신을 마주하는 일을 포기합니다. 저는 두렵습니다. 왜냐하면 당신이, 제가 지워버리려 한 당신인지 아니면 오십여 년을 함께한 그이인지 분간할 수가 없기 때문입니다.

저는 아픈 기억 삭제 치료인 일명 '이레이저 클리닉'을 받았습니다. 왕따, 성폭행, 학대 등 외상 후 스트레스 장애에 시달리게 되는 여러 가지 이유의 기억들을 추적해 지워주는 표적 치료 프로그램 말입니다. 이제는 너무 보편화되어 수술이라기보다 시술에 가까운 그 진료에 대해 저는 그이에게 말하지 않았습니다. 그것이 당신과 관계된 것이어서 더더욱 말하고 싶지 않았습니다. 그러나 그 간단한 수술이, 훗날 어떤 파장을 가져올지 그때는 짐작도 못 했습니다.

사람들은 이 치료를 통해 분노나 증오 같은 감정을 누그러뜨렸습니다. 저는 뇌파와 심리검사를 통해 치료가 필요하다는 의사의 진단을 받았습니다. 의사들이 제게 있어 가장 치명적으로 장애를 일으키는 감정으로 죄책감을 꼽았습니다. 죄책감! 그렇습니다. 저의 어린 날을 견디고 버티게 한 당신을 버렸다는 죄책감은, 평생을 두고 저를 괴롭혔습니다. 그런데 제가 버리고, 그것도 모자라 기억에서 지우려 한 당신은 이제 그이의 얼굴을 하고서 저를 찾아왔습니다. 저는 당신의 얼굴을 지우는 데 성공했지만 당신의 기억을 지우는 데는 실패했을 뿐만 아니라, 그 기억은 그이의 얼굴을 하고 되살아난 것입니다.

정말 기억 안 나요?
클리닉을 받고 자주 그이에게 물었습니다. 제가 소중하게 여기는 추억들을 기억 못 하는 일이 거듭되자 그이는 괜히 미안해져서 목소리가 작아지곤 했습니다. 때로는 아아, 맞아, 그래, 그랬었지 같은 어설픈 추임새를 넣기도 했지만 곧 고개를 갸우뚱했습니다.
그이가 모진 결심을 실행한 그날 아침, 그이는 제가 일어나자마자 커피부터 마신다고 타박했고 저는 공복의 커피가 제일 맛있다고 말했습니다. 우리는 공복에서 맛이 절정인 것들에 대해 이야기를 나누며 그것은 '처음'이라는 공통점에서 비롯된다고 의견일치를 보았습니다. 처음을 기억하는 몸처럼 인간의 첫 경험은 강렬해서 좀처럼 잊을 수 없다는 결론에까지 이르렀지요. 그리하여 먼저 질문을 던진 건 그이였습니다.
우리가 같이한 '처음'에는 어떤 것들이 있지?
지금은 지명조차 진부하게 들리는 갠지스 이야기는 그래

서 나왔습니다. 그 여행은 결혼과 동시에 우리가 불문율처럼 꺼내지 않던 얘기였습니다. 그 이야기를 왜 꺼렸었는지 그때는 미처 깨닫지 못했습니다. 저는 망각 치료를 끝냈으므로 거리낄 것이 없다고 생각한 것 같습니다. 제가 참으로 편안한 표정으로 당시를 추억하자 그이는 의외라는 듯 저를 보았습니다. 펼치면 침대가 되던 등받이 의자와 악취 나던 담요에 관해 얘기했습니다. 제가 말을 하면 할수록 그이가 미소를 잃고 표정이 굳어지던 것을 바보처럼 눈치채지 못했습니다.

이제야 생각납니다. 그이는 인도에 도착하고 얼마 안 되어 심한 배탈이 나 구토와 설사를 반복했습니다. 한국에서 가져온 약은 듣지도 않아 현지에서 약을 사서 먹고 기차에 타자마자 죽은 듯 잠에 취했습니다. 그렇다면 그 새벽, 추위에 떠는 저를 보다 못해 제 침대로 건너왔던 남자는 누구입니까? 이불처럼 저를 감쌌던 그 체온은 그이의 것이 아니었습니까?

제가 이레이저 클리닉을 받던 날은 진도 5.4의 제법 큰 규모의 지진이 있었습니다. 과학의 눈부신 발전에도 불구하고 자연재해만은 인간의 힘으로 어쩔 도리가 없었지요. 물론 어느 정도의 예방은 가능했습니다. 치료 도중 진동이 있었지만 병원 건물의 충분한 내진 설계와 자체 동력으로 수술은

별 무리 없이 끝났습니다. 그러나 깊은 신뢰를 주는 시스템은 의외로 한순간에 무너지기도 합니다. 그래서 이 의료사고에 대해 누구도 예상하지 못하고 방심했었습니다.

가장 가능한 추측으로는, 지진파가 지표면을 뚫고 의료기기까지 전해져 어떤 식으로든 위해를 가했다는 것, 그리고 음파가 사방으로 울려 퍼지듯 제 머릿속의 어떤 기억으로 스며들었다는 것입니다. 뉴런의 축삭돌기 말단과 가지돌기 사이의 연접 부위에 문제가 생겼다는 의사의 말은 아무런 의미가 없습니다. 중요한 것은 제가 지우려 했던 당신의 얼굴이 그이의 얼굴을 하게 되었다는 것과 당신과의 기억은 이제 그이의 얼굴을 하고 저의 뇌에 다시 저장되었다는 사실입니다. 우리 셋이 모두 열광했던 음악으로 치자면, 당신과 나의 기억이라는 원곡이 그이와 나의 커버곡으로 재탄생한 셈입니다.

몇 해 전 정부는 건강에 문제가 없는 성인의 자살 허용 연령을 85세에서 80세로 낮추었습니다. 그때 그이와 저는 마지막을 함께하자고 약속했었습니다. 저보다 세 살 많은 그이가 삼 년을 기다렸다가 제가 그 나이가 되면 같이 떠나기로 말입니다. 그러나 그이는 그 언약을 가벼이 저버렸습니다. 그이가 왜 그런 선택을 했는지 저는 도무지 알 수가 없었습니다. 심지어 세상을 떠나던 날에도 그이는 다정했으니까요. 그날 아침, 중절모를 눌러 쓰며 외출 준비를 하던 그이에게 저는 이런 말을 했습니다. 여든을 바라보는 나이에도 불구하고 교태가 잔뜩 섞인 음성으로 말입니다.

당신은 내 몸의 공복에 들어온 첫 타인이에요.

역사의 신호원이 다른 곳으로 발령받아 떠나던 날, 어머니도 사라집니다. 지밖에 모르는 년, 이라고 욕을 해대던 아버지도 얼마 지나지 않아 다른 여자와 살림을 차립니다. 저는 초등학교 2학년이었습니다. 졸지에 혼자 남겨진 저를 할머니가 맡습니다. 무정한 부모님보다 차라리 할머니가 나았습니다. 제대한 막냇삼촌이 돌아오기 전까지는 말입니다. 삼촌은 복무 중 탈영해 영창을 살기도 있는데, 어느 농막에서 발견된 삼촌의 죄명은 수간(獸姦)이었습니다. 체포 당시 삼촌 옆에는 주인의 무참한 매질로 눈 한쪽이 튀어나온 비쩍 마른 개 한 마리가 있었다고 합니다. 뜬금없이 격분할 때가 있지만 삼촌은 근처 공장에서 성실하게 일하는 노동자였습니다. 제게는 조카를 유난히 아끼는 자상하고 다정한 삼촌이었습니다. 그러나 그 자상함이 언제부터인가 불편했는데, 그때가 아마 생리를 시작한 즈음이었던 것 같습니다. 삼촌의 친절한 눈빛과 손길이 급히 먹은 밥처럼 명치에 얹혀 자주 답답했습니다. 그때마다 저는 육교로 갔습니다. 다리 위에서 멀어지는 기차를 바라보던 비 오는 어느 날, 그곳에서 당신을 처음 만난 셋입니다.

처음 본 순간부터 저는 당신이 좋았습니다. 꽤 오랜 시간이 흐른 뒤 고백을 먼저 한 것은 당신이지만 제 마음을 모르지 않았으리라 생각합니다. 그런 건 숨긴다고 숨겨지는 것도 아니고 계절처럼 저절로 다가오기 때문입니다. 그래서 어찌 보면 당신보다 먼저 삼촌이 제 마음을 알아차린 것이 그리 이상한 일도 아닙니다. 삼촌은 제가 뭔가 달라졌다는 것을 눈치채고 제 뒤를 밟았고 당신을 보았습니다. 삼촌이 저의 외출을 막을수록 저는 기를 쓰고 육교를 올랐고, 당신과의 만남을 추궁할수록 당신에게로 향했습니다. 삼촌이 저를 아끼는 방식은 조카를 대하는 그것이 아니었습니다. 양팔을 벌리고 제 앞을 가로막는 삼촌 자신 또한 고통스럽기는 매한가지였습니다.

저는 누구에게든 이 사실을 알려야 한다고 생각했습니다. 힘들게 알아낸 주소로 어머니를 찾아갔을 때, 어머니는 불룩한 배를 하고 있었습니다. 초라한 찬이 놓인 밥상을 들고 부엌에서 방으로 가던 중, 대문 앞에 서 있는 저와 눈이 마주쳤습니다. 우리는 말없이 서로를 봅니다. 그때 어머니를 부르는 남자의 목소리가 방 안에서 들립니다. 그 목소리가 신호원 아저씨의 것인지는 확실하지 않습니다. 눈은 제게 고정한 채 가요, 하고 어머니가 말합니다. 저는 두 그림자가 상을 마주하고 밥을 먹는 모습을 조금 더 지켜보다 돌아왔습니다.

아버지에게도 전화했습니다. 그때마다 아버지는 할머니와 얘기하라며 서둘러 전화를 끊습니다. 짧게 끊어지는 신호음만 길게 이어졌습니다. 할머니에게도 몇 번이나 얘기하려 했습니다. 그러나 정작 할머니의 얼굴을 보면 아무 말도 할 수가 없었습니다. 체증이 머리 꼭대기까지 올라오는 것 같습니다. 그렇다고 이런 얘기를 당신에게 할 수도 없는 노릇이었습니다.

대책 없이 중학생이 된 여름, 당신과 저는 동네 사람들처럼 육교에 신문지를 깔고 앉아 이런저런 얘기를 나눕니다. 꽤 늦은 시간이어서 당신은 그만 집으로 돌아가자며 재촉했지만 저는 조금이라도 귀가 시간을 늦추려 애를 씁니다. 몇 바퀴 더 동네를 돌다 무거운 발걸음으로 집에 도착했을 때, 분노로 일그러진 얼굴의 삼촌을 봅니다. 삼촌이 내 목덜미를 잡아채 방으로 끌고 와 내동댕이치고는 밖에서 열 수 없도록 문을 잠급니다. 할머니는 초상 난 이웃을 도우러 가 집을 비운 날이었습니다. 삼촌 손에는 칼이 들려 있습니다.

이럴 거면 차라리 둘 다 죽자.

저는 깊게 숨을 들이쉬고 천천히 내쉰 뒤 말합니다.

그래요, 그럼.

그것도 괜찮겠다고 생각했습니다. 어쩌면 이참에 잘됐다 싶었던 건지도 모르겠습니다. 죽어본 적은 없지만 미련이 남는 삶은 아니었습니다. 당신을 좋아했지만 미래를 도모하기엔 저는 어렸습니다. 부모도 외면한 아이가 자존감 같은 걸 가지고 있을 리 만무했습니다. 삼촌이 달려들었고 저는 얌전하게 칼을 맞습니다. 그 모습에 당황한 삼촌이 멋대로 칼을 휘둘러 저는 여러 군데 찔립니다. 제가 엎어지자, 삼촌이 웁니다. 그러더니 칼을 반대로 바꿔 잡고 자신을 찌릅니다. 있는 힘껏 할복한 삼촌의 배에서 피가 솟구칩니다. 우리는 방바닥에 나란히 쓰러집니다.

많이 아프니? 목을 조르는 게 더 나았을까?

금방 끝날 줄 알았던 숨이 의외로 끈질기게 이어지자 삼촌이 묻습니다.

괜찮아요, 이러구 있다 보면 언젠간 끝나겠지.

저는 스스로도 놀랄 만큼 담담하게 대답합니다. 삼촌은 저를 걱정하고 저는 그런 삼촌을 위로합니다. 참으로 기이한 상황이지만 나름 둘 다 진심이었습니다. 얼마나 시간이 흘렀을까요, 진짜 놀랄 일은 그다음에 일어났습니다. 삼촌이 글자 그대로 사력을 다해 기어가 방의 걸쇠를 풀고 전화기를 향한 겁니다. 그러고는 119에 전화를 걸어 도와달라며 울었습니다. 그러니까 삼촌은, 너무너무 아팠던 겁니다. 제 몸에서 피가 줄줄 흐른다면 삼촌 몸에서는 피가 쏟아졌습니다. 작정하고 찌른 삼촌의 칼날은 장기 깊숙이 박혀, 사랑이고 뭐고 그 고통에 비하면 아무것도 아니었던 것이었습니다.

앰뷸런스가 도착하고 구조사들이 삼촌에게로 뛰어갑니다. 급한 처치가 끝나고 들것에 실려 나가며 삼촌은 손가락으로 저를 가리킵니다. 그제야 구조대원들은 피 그림자를 그리며 걸어서 방을 나가던 저를 발견합니다.

할머니는 삼촌과 제 병상을 번갈아 오갑니다. 늦은 밤 도착한 아버지가 다섯 봉지째의 피를 몸에 들이는 저를 물끄러미 바라보다 결심한 듯 말합니다.

치료비는 내가 내마.

저는 온몸을 도는 이 서늘함이 알지 못하는 이의 피 때문인지 아버지의 말 때문인지 생각하고 또 생각합니다.

할머니는 삼촌과 제가 한집에 살 수 없다는 결론을 내리고 제가 살 집을 구합니다. 집을 나가야 할 사람이 삼촌이 아니라 저인 것에 대해, 저는 깊이 생각하지 않기로 했습니다.

훗날, 착한 여자를 만나 아들 쌍둥이를 낳았다는 삼촌의 소식을 들었습니다. 개구진 아들 둘을 키우며 멀쩡하게 잘 살고 있다는 삼촌은 그날, 그러니까 칼에 찔려 죽을 것 같은 고통을 맛본 그 순간에, 별안간 제정신이 돌아온 거라고 저는 생각합니다. 돌이켜 보면 삼촌은, 불쌍하고 가련한 것들을 이상한 방식으로 가여워한 게 아닐까 싶습니다.

할머니는 자신과 멀리 떨어지지 않으면서, 저 혼자 생활할 수 있으며, 세가 싼 집을 찾고 있었습니다. 하나의 수도와 화장실을 나눠 쓰는 열세 개의 방이 있는 집, 대문을 열면 오로지 방으로만 채워진 집, 그런 곳을 마침내 찾아내고 저를 보냅니다.

도시의 빈민촌이었던 이 동네에는 여러 부류의 사람들이 살았지만 의외로 인텔리라 부를 만한 사람들도 꽤 있었습니다. 당신처럼 집안의 기대를 업고 시골에서 일찌감치 도시로 유학 온 학생과 그런 학생들이 대학에 진학해 힘겹게 학업을 이어가는 사람들이 그렇습니다. 그들은 번듯한 직장에 취직해도 곧장 더 나은 곳으로 떠날 수 있는 처지가 안 되었습니다. 쭈뼛쭈뼛 대문으로 들어서는데, 마당 수도에서 걸레를 빨던 남자가 고개를 돌립니다. 당신입니다! 나는 단박에 그

집이 마음에 듭니다.

시골에서 보내주는 돈을 아끼고 아껴도 늘 생활이 빠듯한 당신에게 조금 의외다 싶은 한 가지가 있습니다. 기타입니다. 당신은 그 기타를, 같은 고등학교에 다니는 친구 아버지가 선물했다고 했습니다. 성적은 뛰어나지만 형편이 어려운 당신은 학교에서 주는 여러 장학금을 받았습니다. 그 장학금은 재단 이사장에게서 나왔고, 이사장은 친한 친구의 아버지입니다. 그는 여러 면에서 당신을 도와주는 듯합니다.

기타는 당신의 유일한 위안이었습니다. 거친 생업에 뛰어들어 아들 셋을 홀로 키우는 어머니를 잊는 길 같습니다. 허드렛일하면서도 장남을 도시로 보낸 어머니의 야망과 어린 동생들의 희생을 모른 척하는 방법이었습니다. 저는 기타를 치는 당신을 보는 것이 좋습니다. 그때 당신의 얼굴은 맑습니다. 슬레이트 지붕 위로 투두둑 떨어지는 빗방울이 화음이라도 넣는 날이면 솔직히 저는, 당신과 함께하는 삶의 저 너머를 꿈꾸곤 했습니다.

저는 이제 당신과 그이를 조금 구별할 수 있게 됩니다. 치료에 문제가 있었다는 것을 안 뒤로 차근차근 같은 얼굴을 한 두 사람을 비교해보게 되었습니다. 저의 유년에 등장하는 당신이 있습니다. 허름한 방에서 제게 숙제를 가르치던 당신, 제 손을 잡고 육교를 같이 오르던 당신, 제 배의 상처를 어루만지며 조용히 울던 당신이 있습니다. 당신은 목이 늘어진 티셔츠를 입고 모서리가 반질반질한 검은 가방을 들고 있습니다. 등교하는 제게 손을 흔들면서도 혹 자신이 탈 버스를 놓칠까 봐 연신 뒤따라 도착하는 버스 번호를 확인합니다.

그리고 그이가 있습니다. 그 사람은 당신과 같은 얼굴이지만 다른 사람입니다. 호탕한 웃음과 거리낌이 없는 여유가 있습니다. 왼쪽 가슴께나 셔츠 밑단에 조그만 로고가 있는 옷들을 입고, 만날 때마다 신발이며 가방이 옷과 서로 조화를 이루는 것들로 바뀌며, 크고 세련된 자신의 차가 있습니다.

그이를 처음 만난 것은 당신의 대학 축제 때였습니다. 당신은 친구 아버지의 도움을 더 이상 받을 수 없다며 우리가 살던 도시의 대학에 전액 장학생으로 입학합니다. 그리고 학교 공부와 과외 아르바이트를 하는 중에도 음악만은 놓지 못하고 그 대학 밴드부에 들었습니다. 당신은 이제 제가 알던 것과 조금 다른 음악들을 합니다. 레드 제플린이나 딥 퍼플, 블랙 사바스의 곡들을 연주하고 앰프, 이펙터 같은 낯선 도구와 함께 기타를 칩니다.

신시사이저의 강렬한 인트로와 함께 당신이 등장합니다.

중세 수도사의 의복 같은 후드가 큰, 검은 망토를 멤버 전원이 입고 있습니다. 밴드는 오지 오스본의 〈미스터 크로울리(Mr. Crowley)〉를 연주합니다. 쇳소리가 나는 보컬이 노래를 부르자 음습하고 거친 당신의 기타 플레이가 시작됩니다. 거기에는 뭐랄까, 당신의 울분, 슬픔 같은 것이 느껴집니다. 당신이 내보이고 싶지 않은 어떤 것들이 후드에 가려진 얼굴 밖으로 스멀스멀 퍼지면서 고개 한 번 들지 않고 몰두하는 강한 선율을 타고 전해집니다. 그렇게 당신의 숨은 우울은 드러나고야 맙니다.

내가 얘기 안 했던가?

그이가 저에 대해 묻자, 당신이 그렇게 반문합니다. 뒤풀이 장소였던 것 같습니다. 맹세코, 한 번도 말한 적이 없다고, 그이가 단호하게 말합니다. 똑같은 얼굴을 한 두 사람이 서로 대화를 주고받습니다. 그런 둘을 이제 완벽하다 싶을 만큼 저는 구분해냅니다. 그렇게 당신과 그이는 같은 얼굴을 한, 참 다른 사람입니다.

처음 만난 그이는 자주 저를 쳐다봅니다. 저는 당신과 얘기를 하면서도 그것을 의식합니다. 당신은 분위기가 어색해지지 않게 신경 쓰면서도 얼른 자리를 끝내고 돌아가고 싶어 합니다.

아버지에게 신세 지기 싫어서라더니, 실은 이 아가씨 때문인 거 아냐?

그이가 서울의 대학 진학을 거절한 당신에게 농을 던집니다. 당신은 대답하지 않습니다. 당신이 말을 않자 대답을 기다리던 그이는 시선을 다른 데로 돌립니다.

아버지의 선물도 여전히 잘 있군.

그이가 당신의 기타와 장비들을 만지자, 당신은 눈썹 머리를 아래로 떨어뜨리며 인상을 씁니다.

그 만남 이후 우리는 자주 셋이서 어울립니다. 그이가 우리 둘을 찾아와 일방적으로 이루어진 만남이지만 그 사람 특유의 친화력으로 횟수가 거듭될수록 우리는 원래 셋이었던 것처럼 자연스러워집니다.

음악을 좋아하는 당신과 그 사람으로 인해 정말, 여한 없이 음악을 듣던 날들이었습니다. 우리는 음악 감상실을 순례하기도 하고, 엉성한 헤드뱅잉을 하며 고래고래 소리를 지르기도 합니다. 좋은 노래라며 당신과 그이가 서로 한쪽씩 이어폰을 건네는 통에 저는 양쪽 귀에서 다른 두 곡을 동시에 듣기도 했습니다.

자신의 인생곡을 정해보자고 우리 모두 진지하게 고민에 빠진 적이 있습니다. 맨 먼저 입을 연 당신은 록 마니아답게 레드 제플린의 〈신스 아브 빈 러빙 유(Since I've Been Loving You)〉를 선택합니다. 음악적 취향이 살짝 다른 그이는 이글스와 산타나 사이에서 한참을 고민하다 의외로 로이 부캐넌의 〈메시아 윌 컴 어게인(The Messiah Will Come Again)〉을 고릅니다. 이제 제 차롑니다. 네 개의 눈이 제 입에 집중합니다. 심사숙고 끝에 저는 루 리드의 〈퍼펙트 데이(Perfect Day)〉로 정합니다. 제 말이 끝나자마자 당신과 그이는 휘파람을 불며 박수로 환호합니다. 음악만큼 우리가 아름다웠던 시절입니다.

처음 와보네, 이 집.

그 사람의 '이 집'이 '이런 집'으로 들리는 것은 저만의 일일까요. 그이는 이렇게 많은 가구가 한집에 사는 것은 처음 본다고 얘기합니다. 그리고 당신의 방과 나란히 붙은 제 방을 구경합니다. 당신과 저는 누구도 들어오란 말을 하지 않습니다.

언제부터인가 그이와 제가 먼저 만나고 있으면 당신이 합류하기도 했고 그이와 제가 당신 없이 둘이서만 만나기도 했습니다. 그이에게는, 당신과는 다른 어떤 것이 있습니다. 하물며 어릴 때부터 혼자 살아야만 했던 저와는 말할 것도 없고요. 그이는 어떤 일을 할 때 한 박자 멈칫하며 주저하는, 우리 같은 사람 특유의 망설임이 없습니다. 당신과 제가 아무리 노력해도 가질 수 없는 것, 아무리 흉내 내도 닮을 수 없는 것이 그에겐 있습니다. 그것을 저는 '근원이 다른 명랑(明朗)'이라 혼자 명명했습니다.

그럼에도 당신이 왜 그이와 가장 친한 친구인지를 알 수 있을 만큼 그는 좋은 사람이었습니다. 그이와 같이 있으면 저는 당신과 있을 때와는 또 다른 안락을 느꼈습니다. 그이는 막무가내로 편안했습니다.

시인합니다. 저는 당신을 좋아하면서 그 사람에게 끌렸습니다.

여기, 맛집이 틀림없어.

비밀을 털어놓듯 그이가 소곤거리며 말합니다. 어떻게 아느냐는 제 물음에 독일 바퀴벌레 냄새가 난다고 말합니다. 그이는 자주 그런 식으로 얘기합니다. 방제업체를 운영하는 아버지 밑에서 다년간의 훈련 경험으로 알 수 있다고 말입니다. 미국 바퀴벌레는 쇠 냄새가 나는데 이 식당은 노린내 비슷한 게 난다고, 이건 독일 벌레의 냄새라고, 이 냄새가 나는 집은 대체로 맛집이라며 웃습니다.

그가 저를 데려온 곳은 저도 아는 식당입니다. 서비스가 좋고 그만큼 비싸기로 유명하다고 들었습니다. 종업원들이 중세 하인 같은 복장을 하고 시중을 드는 고깃집입니다. 그이가 예약한 자리에 앉자 잘 가꾼 정원이 창밖으로 펼쳐집니다. 요리가 차례차례 나오고 그때마다 세련된 복장의 지배인이 곁에서 재료에 대해 설명을 덧붙입니다. 귀여운 앞치마와 두건을 쓴 직원이 세심하게 고기를 구워서 접시에 놓습니다. 깨물면 살며시 즙이 나오는 고기의 육질은 믿기지 않을 정도로 부드럽습니다. 잘 구워졌다며 종업원이 그 사람 접시에 놓아준 고기를 그이가 제게 건넵니다. 제가 맛있게 먹는 모습을 보며 탈피 전 바퀴벌레 색이라고 말해 그이는 기어이 제게 등짝을 맞습니다. 맞으면서 웃습니다. 플레이팅에 신경을 많이 쓴 반찬들이 끝도 없이 우리 앞에 놓입니다.

그이가 얼마 전에 입사한 신입 직원의 실수를 얘기합니다. 벌레가 너무 많으니 조치를 취해달라는 시골 사료 공장의 주문을 받은 직원은 포집통을 설치합니다. 그런데 포집통의 빛을 산 방향으로 두어야 하는데 업장 쪽으로 돌리는 바람에 산에 살던 벌레들이 일제히 사료 공장으로 몰려들었다고 합니다. 그렇게 날아든 벌레들이 포집통에 가득 차서 결국엔 불이 붙었고 그 불을 끄느라 회사 직원들이 새벽에 출동하는 소동이 있었다고 했습니다. 그이와 저, 고기를 굽던 직원까지 모두 그 얘기에 웃습니다. 웃고 떠들고 먹으며 우리는 유쾌합니다. 그이는 식탁에 지폐 한 장을 올려놓고 일어섭니다. 저는 예쁜 꽃을 피워낸 정원의 나무 아래 서서 그가 계산을 마치고 나오길 기다립니다.

여기, 비싼 집이래.

비밀을 털어놓듯 당신이 목소리를 낮추며 말합니다. 저도 소문을 들어서 안다고, 왜 이런 집에 왔냐고 타박을 합니다. 그래도 첫 월급인데. 당신이 웃으면서 대답합니다. 당신과 저는 자리를 안내하는 종업원을 멀찍이 떨어져 따라갑니다. 당신이 삼 인분을 주문해서 저는 우선 먹어보고 부족하면 추가하자고 말립니다. 그러자 메이드 복장을 한 직원이 그것이 기본이라고 알려줍니다. 직원이 고기를 구워 접시에 놓습니다. 누군가 고기를 구워주는 것이 불편해서 우리는 자주 창밖을 봅니다. 우리가 앉은 자리에서는 잘 가꾼 나무와 꽃이 있는 정원이 보이지 않습니다. 당신이 이것저것 음식을 권했지만 저는 왠지 입맛이 없습니다. 콜라를 주문하려는 당신을 말리고 저는 벌컥 물을 들이켜고는 서둘러 일어섭니다. 계산하는 당신 옆에 붙어 서서 당신이 치를 음식값을 어림합니다.

당신과 비싼 밥을 먹고 돌아온 밤에, 참으로 오래간만에 삼촌을 생각했습니다. 당신이 사 주는 밥을 먹는데 이상한 체증을 느꼈습니다. 그것은 삼촌이 제게 잘해줄 때 느끼던 그것과 비슷했습니다. 생각해보면 당신이, 자신이 아끼는 무엇으로 뭔가를 해줄 때마다 그랬습니다. 삼촌의 다정에 제가 찔렸다면 당신의 자상에는 베이는 것 같습니다. 찔리는 것과 베이는 것은 엄연히 다릅니다. 베인다는 것은 아주 가늘고 얇게 무언가를 가르는 것입니다. 당신이 제게 자상할수록 저는 기쁘면서도, 저미듯이 아픕니다.

내가 눈치 없이 끼어든 건 아니지?

그이가 약간 소심하게 묻습니다. 우리 둘은 아니라고, 정색합니다. 갠지스강에 가는 것은 당신과 저의 오랜 바람이었습니다. 그러나 우리 형편에 여행은 가당찮은 일이어서 매번 나중을 기약하기만 했습니다. 우리에게는 막연하고 어렵기만 한 그 일이 그이에겐 너무도 간단합니다. 티켓팅을 하고 숙소를 잡고 떠나면 되었습니다.

그곳으로 가는 길은 상상 이상으로 더러웠습니다. 개와 소와 사람이 구분 없이 뒤섞여 있을 뿐만 아니라 배설물 또한 아무 데나 널려 있습니다. 엄지만 살짝 끼운 신발을 신은 저는 혹 그것에 닿을까 봐 신중하고 또 신중하게 걸음을 옮겼습니다. 그러다 낡은 건물 모퉁이에서 눈도 못 뜨고 엉켜 있는 다섯 마리의 새끼 쥐를 발견합니다. 멀찌감치 떨어져 있는 저와 달리 그이는 한참 동안 쭈그리고 앉아 그것들을 들여다봅니다. 너무너무 귀엽다고 몇 번이나 감탄하면서 말입니다.

나중에 그의 것이 된, 아버지 회사에 그이가 우리를 데려간 적이 있었습니다. 꽤 높던 그 빌딩 지하에는 생각지도 못한 것들이 있습니다. 쥐, 바퀴벌레, 개미와 같이 기어다니는 벌레뿐 아니라 파리, 모기처럼 날아다니는 해충까지 정성 들여 키우던 실험실이 그것입니다. 특히나 저는 쥐를 끔찍하게 싫어하는데, 열 가구 이상이 모여 사는 우리 집 수챗구멍에는 음식 찌꺼기를 먹으려는 쥐들이 자주 출몰했기 때문입니다.

제가 기겁을 하자 그이는 시궁쥐, 들쥐, 생쥐 등 쥐의 종류를 설명합니다. 우리가 잘 아는 제리와 미키마우스가 생쥐라고 알려줍니다. 자세히 들여다보면 정말 사랑스러운 녀석들이라고 그이는 덧붙입니다. 까맣고 반짝이는 눈동자가 얼마나 예쁜지 모른다고, 더러운 곳에 있어 그럴 뿐, 장소만 바뀌면 사랑받기에 충분하다고 말합니다. 햄스터와 뭐가 달라? 그이의 말에 당신과 저는 가만히 고개를 끄덕입니다.

우리는 일단 호텔에서 휴식을 취하기로 합니다. 그가 배탈 때문에 거의 탈진 상태였기 때문입니다. 그는 세 개의 방을 예약해놓았습니다. 당신과 그이가 같은 방을 쓰리라 생각했던 저는 프런트 데스크에 끝자리가 다른 세 개의 열쇠를 보며, 그이가 우리 집을 찾아왔을 때 제 방에 들어오라고 청하지 않기를 잘했다고 생각합니다. 우리는 각자의 방에 짐을 풀고 아침에 다시 만나기로 했습니다.

당신과 저는 잠이 오지 않았습니다. 우리는 함께 그의 방에 가봅니다. 그는 깊은 잠에 빠져 당신과 제가 들어온 것도 모릅니다. 조용히 방문을 닫고 우리는 바라나시로 갑니다. 가트에 앉아 뿌자 의식을 말없이 지켜보다 호텔로 돌아왔습니다.

늦은 밤, 저는 당신의 방을 노크합니다. 열린 문틈으로 당신의 손이 나타나 제 팔을 낚아챕니다. 방문은 처음부터 잠겨 있지 않았습니다. 설익은 어둠 속에서 우리는 처음으로 서로의 몸을 경험합니다. 그 밤, 저는 제 방으로 돌아가지 않았습니다. 그리고 잠들기 전 당신 품에 안겨 중얼거립니다. 나도 햄스터가 될 수 있을까.

저는 아침까지 내리 잤습니다. 피곤과 나른이 뒤섞인 대책 없는 잠이었습니다. 눈을 떴을 때, 저의 옆자리는 비어 있었습니다. 당신이 없습니다. 창을 통해 희고 깨끗한 아침 빛이 저의 옆, 텅 빈 당신의 자리를 환하게 비춥니다.

당신

거칠게 흔들어 그이를 깨우고, 정신 나간 여자처럼 거리로 달려 나갑니다. 정차한 버스마다 올라 당신을 찾습니다. 한쪽 어깨에 배낭을 눌러맨 뒷모습이 꼭 당신인 것만 같아 빠른 걸음으로 어디론가 향하는 남자를 불러 세우기도 했습니다.

기진맥진해 호텔로 돌아왔을 때 그이도 땀을 뻘뻘 흘리며 들어옵니다. 당신을 찾았는지 그이가 눈으로 묻습니다. 저는 고개를 젓습니다. 급한 일이 생겼나 보다고, 돌아가서 만나면 된다고 그이가 저를 안심시킵니다.

다음 날 새벽, 저는 혼자 강가에 갔습니다. 여전히 사람들은 그 신비의 물에 목욕을 하고 꽃을 띄웁니다. 저는 화장터에 있는 어느 가족을 봅니다. 망자의 아들로 보이는 맨발의 아이가 꼬깃꼬깃한 돈을 내밀고 그만큼의 장작을 받습니다. 장작은 성인 하나를 다 태우기엔 조금 부족해 보였습니다. 늙은 여자와 아이가 강물에 적신 시체를 격자 형태로 쌓아 올린 장작더미 위에 놓습니다. 아이가 불이 붙은 횃불을 장작더미 깊숙이 들이밉니다. 기다렸다는 듯 죽은 이의 몸 위로 불길이 치솟습니다. 망자의 몸이 타기 시작합니다. 옷과 살과 뼈가 연기로 날아오릅니다. 다리가 떨어져 나가고 팔이 재가 됩니다. 묵묵히 그 모습을 지켜보는데 별안간 뚝, 불길이 멈춥니다. 어, 어, 저는 놀라서 벌어지는 입을 손으로 가립니다. 죽은 이의 가족도 당황하긴 마찬가집니다. 장작은 시신을 다 태우기도 전에 동이 나버렸습니다. 그들은 멈칫멈칫 반쯤 남은 시신을 서둘러 강으로 가져갑니다. 아이는 이미 재가 되어버린 몸을 끌어모아 타다 남은 몸 옆에 뿌립니다. 반은 재고 반은 육신인 망자가 강물에 둥둥 떠다닙니다.

저는 가쁜 숨을 내쉽니다. 화장터에서는 무심한 연기가 피어오릅니다. 눈물이 흐릅니다. 울음은 점차 통곡이 되어갑니다. 백단향 냄새가 바람에 섞여 날아듭니다. 저는 괜히 서럽습니다. 복받칩니다. 돌아가면 당신을 만날 수 있을 거라는 그이의 말을 믿지 않습니다. 저는 압니다. 당신은 이제 다시는 제 앞에 나타나지 않을 것입니다. 영리한 당신은 제 말이, 제 깊은 곳의 마음임을 단번에 알아차렸습니다. 모든 죄가 씻기고 즉각적인 구원이 이루어진다는 갠지스강에 붉은 해가 떠오릅니다.

그이와의 결혼 생활은 좋았습니다. 그이의 부모님은 저를 딸처럼 대했습니다. 제가 처음 가져보는 부모다운 부모였습니다. 우리 사이에는 아이가 생기지 않습니다. 그이에게 문제가 있었고 그이는 그것을 아주 미안해했지만 저는 오히려 다행이라 여겼습니다. 아이를 가질 수 있는 방법은 많았지만 저는 아무것도 하지 않았습니다. 때로는 상대의 결점이, 결점이라고 말해 그이에게 미안합니다만, 그런 것이 있어야 겨우 균형을 이루는 관계도 있는 법입니다.

그이와 부모님과 제가 거실에 둘러앉아 웃음을 터뜨릴 때면, 저는 행복했습니다. 살면서 이런 시절이 오리라곤 짐작도 못 했습니다. 그런데 감히 꿈꿔본 적 없는 나날이 이어질수록 저는 좋으면서 아팠습니다. 그 아픔이 행복을 앞지르는 날이면 제가 살던 옛 동네를 찾아갔습니다.

그 동네는 숫제 빈민굴이 되어 정부조차 손을 놓아버린 곳이 되었습니다. 부랑자들이 들끓고 감염병이 창궐해서 어지간히 가난한 사람들도 피하는 곳이었습니다. 힐끔거리는 시선을 느끼며 저는 육교에 오릅니다. 계단은 금이 가고 다리는 곧 무너질 듯 한쪽이 심하게 내려앉았습니다.

그러던 어느 날 육교 위에서 그이를 보았습니다. 느리게 계단을 오른 뒤 정상에서 천천히 고개를 들었을 때, 그이가 저를 지켜보고 있습니다. 우리는 위태로운 다리 위에 나란히 서서 이제는 기차가 다니지 않는 선로를 내려다보았습니다.

폐색구간의 기차는 서로를 구별할 수 없소. 두 기차가 충돌을 면하는 방법은, 신호체계를 바꾸거나 브레이크를 밟고 멈추는 거요.

그때였던 것 같습니다. 제가 수술을 결심한 것이.

낮에는 구청에 가서 그이의 사망 기록을 열람했습니다. 그이는 여러 유형의 자살 머신 중 복고풍 기계를 선택했다고 기록되어 있습니다. 그것은 예전 유행하던 주크박스를 본뜬 것으로, 자신이 좋아하는 노래를 선택하고 동전을 넣는 방식입니다. 음악이 재생되는 시간과 질소의 양을 조절하여 곡이 끝남과 동시에 죽음에 이르도록 설계된 것입니다. 레트로 머신답게 자신이 선택한 음악을 손글씨로 직접 적는 칸이 있습니다. 거기에 그이는 로이 부캐넌의 〈메시아 윌 컴 어게인〉을 적었습니다. 그러나 어쩐 일인지 그 위에 붉은 펜으로 두 줄을 긋고는 대신 레드 제플린의 〈신스 아브 빈 러빙 유〉로 고쳐 썼습니다. 저는 두 개의 빨간 줄을 손가락으로 가만히 따라가봅니다.

그이가 어떤 경로로, 언제부터, 저의 수술 사실과 후유증을 알고 있었는지 저는 모릅니다. 의사는 저의 얼굴 인식 신경세포가 왜 유독 그이의 얼굴에서 지속적으로 발화했는지 의문이라고 말했습니다. 시각 피질에는 사람의 얼굴에 선택적으로 반응하는 신경세포가 있는데, 세포 수준에서 처리되는 메커니즘이 하필 그이의 얼굴에서만 이상 반응을 일으켰는지 의문이라고 말입니다. 전문가라는 사람이 어떻게 그것을 모를까요. 제 신경세포가 당신이 아닌 그이에게 반응한 이유를 저는 너무 잘 알겠는데 말이지요.

역시, 내가 끼어든 셈이었나.

낮게 중얼거리던 그이의 마지막 말이 머릿속에서 떠나질 않습니다. 당신에 대한 죄책감에 골몰하느라 저는, 얼마나 많은 그이의 쓸쓸함을 놓쳐왔던 걸까요.

3월인데 눈이 옵니다. 오늘은 눈 내리는 봄입니다. 눈이 더 쌓이기 전에 담당 공무원을 만나야겠습니다. 그런데 충전한 가이드 지팡이를 어디에 뒀는지 퍼뜩 기억이 나지 않습니다. 요즘은 자주 이렇습니다. 어쨌거나 서둘러야겠습니다. 저도 그이처럼 복고풍 기계를 선택할 생각입니다. 노래는 여전히 〈퍼펙트 데이〉로 하려 합니다. 신청자가 많아 오래 기다리는 일이 없었으면 좋겠습니다.

눈이 내리고 그 눈이 꽃처럼 휘날립니다. 무엇이 눈이고 무엇이 꽃인지 분간하기 어렵습니다. 아무려면 어떻습니까. 당신을 버리고 얼굴마저 지운 죄를 품고 그저 오늘은, 먼저 죽은 그이를 만나러 가기에 완벽한 날입니다.

야생의 시간

사람들은 샤를 칭할 때 '가이드'라고 했지만 정확하게 말하면 그는 '책임자'였다. 더 정확히는 여행객들이 세 명씩 나눠 타는 지프차 다섯 대의 소유주이자 차를 운전하는 기사들의 보스였다. 샤 팀은 라다크에서 카슈미르로 넘어오면서 새로 투입되었다. 라다크를 떠나면서 의기투합한 여행자들은 모두 열넷이었다. 도로 사정은 나빴고 숙박시설은 열악했다. 툭하면 총 든 군인들의 검문을 받아야 했다. 외교부가 철수를 권고하는 문자를 부지런히 보내오는 이유를 알 것 같았다. 이런 곳을 제 발로 걸어들어왔다는 특수성 때문이었을까. 나를 제외한 여행자들은 서로 금방 친해졌다. 매일매일 넘치게 술이 돌았고 그들 인생의 엄청난 비밀들을 아무렇지 않게 털어놓았다. 그러나 종국엔 마신 술을 전부 토해내고 기억을 놔버린 채 잠들었으므로 비밀은 다시 비밀로 돌아갔다. 그들은 밤마다 서로의 기밀을 껴안고 쓰러졌다가 아침이면 멀쩡한 얼굴로 깨어나서, 맛없는 커피를 찾아 숙소 식당으로 모여들었다.

샤를 처음 인식한 것은 조질라 패스를 지날 때였다. 무너져내린 산비탈을 따라 만들어진 고개는 도로라고 부르기에 민망할 만큼 포장이 되어 있지 않았다. 3,500미터가 넘는 가파른 산을 지그재그로 넘던 지프가 갑자기 뚝, 멈추어 섰다. '죽음의 도로'라는 별칭이 붙은 이 길을 기사가 아우토반인 양 달려왔기 때문에 나는 거의 튕겨 나갈 뻔했다. 순간적으로 내려다본 절벽 아래에는 몇 대의 추락 차량이 수습되지 않은 채 처박혀 있었다. 나는 '조질라'라는 극단적 발음이 이 고개와 잘 어울린다고 생각했다.

산사태로 도로가 통제되고 있었다. 복구작업의 포클레인이 내가 탄 지프 앞을 막았다. 우리 차를 시작으로 고개를 넘어가던 다른 차량도 줄줄이 멈추어 섰다. 기다리는 것 말고는 달리 방법이 없었다. 작업은 금방 끝나지 않았다. 기온이 떨어져 춥기까지 했다. 나는 스카프를 머리에 뒤집어쓰고 차에서 내렸다. 주변을 둘러보다 끝이 뾰족한 돌멩이 하나를 주워 눈 위에 낙서를 했다. 언 눈에 꾹꾹 눌러 아무 글자나 끄적였는데, 써놓고 보니 남편의 이름이었다. 손가락 끝에 힘을 줘 문질렀으나 지워지지 않았다. 나는 그 이름을 물끄러미 바라보다 몸을 돌려 다시 차에 올랐다.

통제가 길어지자 기다림에 지친 사람들이 경적을 울려댔다. 마치 굴착기와 지프의 대치처럼 보이던 그때, 그를 처음 보았다. 차에서 훌쩍 뛰어내린 누군가가 도로에 흘러내린 커다란 돌을 손으로 옮기기 시작했다. 그러자 그를 선봉으로 차에 타고 있던 사람들이 하나둘 밖으로 나와 그와 작업을 같이 했다.

누구?

지도를 펼쳐 심각한 얼굴로 보고 있는 옆자리의 강에게 물었다. 고개를 든 강이 내게 되물었다.

누구?

누가 봐도 내가 언니였지만 강은 말을 놓았다. 누구에게나 그랬다. 그래서 좋았다. 나는 돌을 치우는 그를 턱으로 가리켰다. 강은 내가 알리는 방향으로 고개를 돌렸다가 다시 내게로 돌아오며 어이없다는 표정을 지었다.

샤, 잖아.

열넷의 여행자가 셋씩 지프에 나눠 타자 둘만 남은 강과 내가 같은 차에 타게 되었다. 아마 이때 한 자리가 남는 우리 지프에 샤가 타게 되었을 것이다. 강에 따르면 그는 이틀째 우리 일행과 함께이고, 심지어 조금 전까지 우리 차 조수석에 앉아 있었다고 했다. 나는 전혀 몰랐다. 아마 스치며 몇 번은 마주쳤을 텐데도 그랬다. 생각해보면 당시의 나는 아무것에도 관심이 없었다. 설령 그가 지프에 폭탄을 싣고 나를 향해 돌진해온다 해도, 곧 죽는다는 사실보다 저 남자는 갑자기 어디서 나타났을까가 더 의문으로 남았을 것이다.

샤는 젊고 키가 아주 컸으며 호리호리했다. 갈색 피부와 짙은 눈썹, 귀 아래에서 시작해 뺨과 턱을 지나 다른 쪽 귀까지 연결되는 수염을 하고 있었다.

그전까지 불교 문화권이었다면 지금부터는 이슬람이야.

강이 말했다. 샤에게 시선을 고정한 채 답이 없는 나를 보며 그녀가 덧붙였다.

아리아인의 후예지.

나는 저런 외모는 딱 두 부류라고 생각했다. 느끼하거나, 섹시하거나.

긴 복구작업이 끝나고 도로가 뚫리자 기사는 꼬불꼬불한 벼랑길을 다시 스피드 레이서처럼 내달렸다. 천천히, 천천히!

강이 차창 위의 손잡이를 꽉 움켜쥐며 소리쳤다. 쪈전이, 쪈전이! 기사가 액셀을 밟으며 어색한 한국말로 그녀를 따라 했다. 조수석의 샤가 몸을 돌려 뒷좌석을 살폈고, 그와 나는 자주 룸미러에서 눈이 마주쳤다.

만년설을 품은 안개가 천 길 낭떠러지에서 피어올랐다. 스카프 끝자락이 불어오는 바람에 마구 펄럭였다. 나는 아무래도 상관없다는 기분이 되었다.

*

듣고 있어요?

원장이 내 옆구리를 쿡, 찔렀다. 수다에 정신없던 여자들이 일제히 내게로 고개를 돌렸다. 내가 맹한 얼굴로 눈만 껌뻑이자 쌍둥이 엄마가 혀를 끌끌 차며 말했다.

또, 또 안드로메다에 가 있었죠? 언니, 우리가 얼마나 중요한 얘기 중인데!

이들을 처음 만난 곳은 아이를 낳고 몸조리하던 산후조리원이었다. 남자들에게 군대 동기가 있다면 여자들에겐 조리원 동기가 있다. 자라온 환경이 다르고 나이도 제각각인 여자들이 전무후무할 고통을 경험한 후 한없는 동지애로 뭉치는 곳이 바로 산후조리원이다. 그리고 특별한 일이 없는 한, 이 친분은 아이들이 커가는 동안 계속된다.

이들은 나보다 거의 열 살쯤 아래인데, 그들이 어리다기보다 나의 출산이 매우 늦은 편이었다. 모임이 있을 때마다 왕 언니뻘인 내가 소외되지 않도록 의리로 무장한 동기들은 나를 꼭 챙겼다. 그러나 고마운 마음과는 별개로 그들의 얘기는 너무나 지루해서 나는 자주 딴생각에 빠졌다. 중요한 얘기래봤자 시어머니가 연락도 없이 불쑥 찾아왔다거나 남편이 기념일을 잊었다는 정도였고, 듣다 보면 이 얘기가 그 얘긴 데다 저번에 한 말이나 이번이나 별반 다르지 않았다. 나는 집중하겠다는 뜻으로 쌍둥이 엄마의 손등을 가볍게 두드리며 빠르게 머리를 끄덕였다.

중요한 얘기, 뭐?

내가 끝을 길게 늘이며 몹시 궁금하다는 듯 탁자 위로 상체를 들이밀자 쌍둥이 엄마가 기다렸다는 듯 다시 말을 쏟아냈다. 여자들은 유치원에 다니는 아이들을 영어 학원에 보낼 것이냐 마느냐로 열띤 토론 중이었다. 이야기가 어느 정도 진행되자 원장이 약속이 있다며 슬그머니 일어섰다. 영어 학원을 운영하는 원장은 일부러 자리를 피해주는 것 같았다. 쌍둥이 엄마가 멀어지는 그녀의 뒷모습을 힐끗 보며 작은 목소리로 말했다.

　나는 저기 보내려고.

　동쪽으로 바다와 접해 있는 이 소도시는 일 년 내내 외지인들의 방문이 끊이질 않았는데, 이곳을 배경으로 한 드라마가 OTT 서비스를 통해 방영돼 입소문을 타면서부터였다. 하지만 우리 동네는, 배경이 된 해안가와는 조금 떨어져 있어 어중간한 모습으로 개발되는 중이었다. 고층 아파트 바로 옆에 쪽파가 자라는 밭이 있는가 하면, 지금 커피를 마시는 카페에서는 미역을 줍는 노파와 피부색이 다른 며느리를 종종 볼 수 있었다. 그렇게 이곳은 대대로 삶을 이어온 토박이들과 새로운 인프라로 유입된 사람들이 뒤섞여 주민을 이루었다. 동네 젊은 여자들이 방인이라면, 나와 원장은 이방인이었다.

　원장은 '예쁘다'고 하면 흔히 떠오르는 그런 전형적인 미인은 아니었다. 그런데 고급스럽다고 할까, 아무튼 그런 뭔가가 있었다. 잡티 없는 하얀 얼굴과 가늘고 긴 몸은 그녀만의 독특한 분위기를 만들어냈다. 명문 여대를 나왔다는 말도 있고, 외국에서 오래 살다 왔다는 소문도 있지만 사실 여부는 아무도 몰랐다. 어쨌든 그런 얘기가 전혀 근거 없지는 않겠다 싶은, 모종의 아우라가 있기는 했다.

쌍둥이 엄마가 원장의 학원에 아이를 보내기로 결심한 내용은 이랬다. 그녀와 이미 아는 사이이기는 하지만 그래도 자식 교육은 다른 문제라 직접 학원을 방문했다. 원장은 상냥한 서울 말씨로 옅은 베이지색 매니큐어가 칠해진 손가락으로 자료집을 짚어가며 수업 내용을 설명했다. 마치 등록만 하면 내 아이가 당장이라도 우등생이 될 것만 같은 황홀한 기분에 젖은 쌍둥이 엄마는, 그만 아무 생각 없이 남편에 관해 물어버렸다. 조리원 시절, 원장을 찾아온 남자는 없었다. 가족이 찾아오긴 했지만 남편은 아니었다. 남편이 오지 않는 산모의 마음은 겪지 않아도 너무 잘 알 것 같아 우리는 모두 이것에 대해 함구해왔다. 그런데 그 불문율을 쌍둥이 엄마가 깨버린 것이다.

'애 아빠는 뭐 하시는 분'이냐는 질문에 원장은 '없다'고 대답했다. 아차 싶었지만 에라 모르겠다는 심정으로 '이혼했냐'며 거듭 물어보았다. 원장은 '그런 건 처음부터 없었다'며 엷게 미소까지 지었다.

대박이죠?

질문이라기보다 감탄에 가까운 쌍둥이 엄마 말에 젊은 여자들은 환호했다. 엄마들은 너도 나도 아이를 원장에게 보낼 거라고 했다. 원장의 대답은 이 동네 여자들의 어떤 부분을 정확하게 건드렸고, 그것은 뭔가 해방적이면서 이국적이었다.

그날 저녁, 남편은 식탁에 올라온 갈치찌개의 국물부터 한술 떠 맛을 봤다. 그러더니 자리에서 일어나 그릇의 밥을 반쯤 덜어 다시 밥솥에 넣었다.

별로야?

결혼한 지 10년이 지났지만 나는 여전히 요리가 싫었다. 싫은 일은, 계속한다고 나아지지 않았다.

좀, 많은데?

남편이 대답했다. 그것은 갈치찌개 맛이 별로냐는 내 질문에 정확한 답도 아니면서 밥은 조금만 먹겠다는 뜻이어서, 찌개가 맛이 없어 밥을 많이 먹을 수 없다는 건지 찌개는 괜찮지만 밥 양이 너무 많다는 건지 알 수 없었다.

남편은 늘 이런 식이었다. 어떤 일에 설명이나 해명이 없었고 심지어 변명도 안 했다. 남편에게 여자가 있다는 사실을 내가 알았을 때도, 반대하던 사업에 전 재산을 날려 도망치다시피 이곳에 왔을 때도 그랬다. 나는 아직도 그 여자와 남편이 불륜인지 요즘 말로 단지 '여자 사람 친구'인지 알지 못하고, 투자가 잘못된 건지 사기를 당한 건지도 여태껏 모른다. 소리를 지르고 욕을 해도, 하물며 내가 던진 컵 파편에 살갗이 베여도 남편은 침묵했다. 단 한마디를 하지 않았다.

그가 입을 다물수록 나는 더 난폭해졌고 우리의 싸움은 끝날 것 같지 않았다.

그러던 어느 날이었다. 나는 둥 둥, 울리는 진동에 잠을 깼다. 두통이 심한 아침이었다. 남편이 벽에 이마를 찧어대고 있었다. 그 소리는 거실을 휘감고 메아리처럼 내 머리를 울렸다. 벽지에 피가 묻어나는데도 남편은 멈추지 않았다. 벽에 이마를 박으면서 눈은 나를 향하고 있었다. 흰 동자에 곧 터질 것 같은 시뻘건 핏발을 만들며 노려보았다. 낙뢰가 번득이는 그 눈을 본 순간 나는 깨달았다. 남편의 자해는 내게 휘두르는 주먹이라는 것을, 벽지에 묻어나는 저 피가 철철 흐르는 그의 분노라는 것을 말이다. 그것을 알게 된 그날부터 우리 집엔 고요가 찾아왔다.

밥을 덜고 다시 자리에 앉은 남편은 갈치 한 토막을 접시에 덜어 세심하게 가시를 발랐다. 먹기 좋게 뼈와 살을 분리한 갈치를 내 앞으로 밀었다. 나는 그가 미처 발라내지 못한 가시 하나를 입안에서 굴리며 말했다.

원장 있잖아, 남편이 없대.

저녁을 먹고 우리는 나란히 소파에 앉았다. 나는 TV를 켰고 남편은 핸드폰을 집어 들었다. 그는 유튜브 주식방송의 최신 영상을 재생하고 이어폰을 꼈다. 아이가 제 방에서 게

임을 하며 친구들과 떠드는 소리가 들렸다.

이제 들어갈게.

유튜브를 본 지 정확하게 35분 뒤 귀에서 이어폰을 빼며 남편이 말했다. 퇴근한 남편을 거실에 혼자 두기 미안해 관심도 없는 방송을 보며 앉아 있던 나는, 남편이 그렇게 말할 때마다 뭔가 잃어버린 기분이 되었다. 그가 항상 그런다는 것을 알면서도 나는 늘 방으로 먼저 들어가지 못했다. 안방으로 들어가는 남편의 뒷모습을 보며 중얼거렸다.

처음부터 없었대.

*

난 혜초의 순례길을 따라가보려고. 자긴?

애인을 부를 때나 쓰던 '자기'라는 단어를 언젠가부터 단순히 상대를 부를 때도 그러는 사람들이 꽤 있었다. 나는 누군가에 의해 내가 자기, 라고 불릴 때마다 소리가 온몸의 살갗을 훑는 느낌이 들었다. 그렇게 부르는 사람에겐 이상하게 신뢰가 가지 않았다.

나? 나는 그냥.

강이 눈을 동그랗게 떴다. 그냥, 이런 데를 온다고? 동그란 눈이 그렇게 묻고 있었다.

그날 남편은 평소대로 이어폰을 낀 채 소파에서 유튜브를 보는 중이었고, 나는 식탁에서 신문을 읽고 있었다. 남편은 신문을 싫어했는데, 감염병에 걸린 뒤부터 훨씬 더 예민했다. 맨바닥에, 아파트 현관에 던져져 어떤 병균이 묻었을지 모르는 그것을 밥 먹는 식탁에 올려놓고 보는 것을 거의 혐오했다.

그때 갑자기 적막이 쓰나미처럼 나를 덮쳐왔다. 늘 그렇듯 똑같은 날이었는데, 숨이 쉬어지지 않았다. 투명한 진공의 방에 갇힌 것 같았고, 소리 없는 소리가 사방에서 아우성쳤다. 내 몸의 모든 구멍에서 무언가 흘러나왔고, 나는 즉각 눅눅해졌다. 침묵이 흉기가 될 수 있다는 걸 처음 알았다. 집을 벗어나야 했다.

답답해.

남편은 반응이 없었다. 고개를 내 쪽으로 돌린 걸 보면 내 말을 들은 것도 같고, 우연히 그렇게 된 것 같기도 했다. 남편의 이어폰도 그의 대답처럼 늘 모호했다. 들리는 건지, 안 들리는 건지, 들렸다 말다 하는지. 들었는데 못 들은 척하는지, 정말 안 들려서 못 들은 건지 도무지 알 수 없었다.

펼쳐놓은 신문에서 카슈미르 관련 기사가 눈에 들어왔다.

무력 분쟁이 격화되고 테러 위험이 증가하고 있다는 내용이었다. 카슈미르가 어디 있는지는 몰라도 적어도 저긴, 조용해서 죽을 것 같지는 않았다.

어쩌면 그런 상상을 했는지도 모른다. 내가 없는 집 소파에서 남편이 무심히 텔레비전을 보는 모습, 카슈미르에 폭탄 테러와 연쇄 총격전이 발생했다는 아나운서의 가라앉은 음성, 남편이 놀라서 벌떡 일어서는 장면, 괄호 안에 나이가 적힌 내 이름이 지나가는 자막, 그리하여 그가 두 손으로 얼굴을 감싸고 무너지는, 그런 상상.

그러나 막상 도착한 이곳은 집만큼이나 적요했다. 태풍의 핵이 그러하듯, 언제 터질지 모르는 것의 중심은 의외로 고요하다. 분쟁과 폭동이 잠복한 이곳의 숨 막히는 잠잠은, 그래서 평화롭기까지 했다.

우리 일행은 곧바로 트레킹에 나섰다. 히말라야산맥을 대수롭지 않게 생각했던 나는 어느 지점에 이르자 완전히 지쳐서 기진맥진했다. 빙하에 발을 담그고 설산을 바라보며 잠시 쉬고 있을 때였다. 웅성거리는 소리가 들렸다. 카메라를 든 샤가 사람들에게 점프를 권하고 있었다. 말이 통하지 않는 일행에게 몸짓으로 뛰는 시늉을 해 보였다. 두 팔을 벌려 위로 곧게 뻗고, 고개는 하늘을 향해 힘껏 젖힌다, 발로는 땅을 구르고 무릎은 접으며 뛰어오른다. 그의 동작이 그렇게 말하고 있었다. SNS 여행 사진에서 자주 본 모습이었다. 사람들은 고개를 끄덕였지만, 쑥스러워 선뜻 나서는 이가 없었다. 셔츠가 딸려 올라가 배가 드러나는지도 모르고 샤는 설명에 열성이었고, 그것에 괜히 미안해진 사람들이 슬그머니 자리에서 일어나기 시작했다. 샤는 그 모습을 담으려 부지런히 뛰어다녔고, 바닥이 흙이든 돌이든 상관없이 몸을 낮추었다. 일행은 망치를 피하는 두더지들처럼 골짜기 여기저기서 산발적으로 허공을 오르내렸다. 그중엔 나도 있었다.

하나, 둘, 셋! 숫자를 세고 같이 뛰어도 몸을 날리는 순간은 다 제각각이었고, 사람들은 이제 사진과 상관없이 그 자체를 즐겼다. 나도 신나게 뛰어올랐고, 그런 나를 샤가 찍었다. 내가 뛰기를 멈추었을 때도, 나를 찍는 샤는 멈추지 않았다. 5,000미터가 넘는 고봉들 사이로 석양이 들이닥쳤다. 다시 바람이 불었다.

누구 기다려?

방문을 바라보는 내게 강이 물었다. 유난히 잠이 오지 않는 밤이었다.

기다리긴, 무슨.

나는 몸을 돌려 천장을 보고 똑바로 누웠다. 캐리어를 바닥에 펼쳐놓고 짐 정리를 하던 강은 뜬금없이 엄마 얘기를 꺼냈다.

부캐가 자유부인이야, 우리 엄마. 맞아, 그 자유부인.

강이 엄마 이름을 말하자 단박에 어떤 얼굴이 떠올랐는데, 인면수심의 강력 사건이 발생할 때마다 매체가 앞다퉈 자문을 구하는 범죄분석가였다. 강의 엄마는 남자관계가 복잡했다. 아니, 깔끔했다고 해야 하나. 아무튼 엄청나게 많은 남자를 만나고 또 헤어졌다. 강의 아빠는 그 문제로 늘 머리가 아팠는데, 이혼을 고려한 적은 한 번도 없었다고 한다. 엄마는 남자가 많았으나 문제를 일으키지는 않았고 결정적으로, 강에 대한 사랑은 놀랄 만큼 열렬했기 때문이었다.

강의 엄마는 금방 사랑에 빠졌고, 깊어지는가 싶으면 헤어졌다. 남자의 외모나 직업에 어떠한 일관성도 없으며, 돈의 유무도 관계가 없었다. 강은 엄마의 연애 맥락을 당최 이해하지 못했다. 엄마를 미워할 수도, 사랑할 수도 없는 와중에도 그녀는 무럭무럭 자라나 어른이 되었다. 그렇게 성인이 된 어느 날 그녀가 물었다. 도대체 왜 그러는지.

야생의 시간을 산다나? 그게 말이야 뭐야. 그 시간만이 진실이래요, 글쎄.

다시 생각해도 기가 막힌지, 강은 정리하던 옷가지를 살짝 던졌다. 강의 어머니가 갓 스무 살이 된 딸에게 들려준 얘기는 이러했다.

진정한 사랑은 언어도 종교도 생략된 오직 끌림의 문제다. 얼마나 배웠는지, 가난한지 부유한지는 하나도 중요하지 않다. 그 상태가 서로의 야생이다. 그게 진짜다. 상대를 배려하고 보살피는 거? 그것은 서로에게 학습되어 숙제를 하는 것과 같다. 인간은 깊이 알면 알수록 절대로 사랑할 수 없는 존재들이다. 서로를 잘 모를 때, 아직 상대를 완벽히 파악하지 못했을 때만이 진실한 사랑이 가능하다. 상대의 심기를 건드릴까 조심하고, 행동의 숨은 뜻을 파악하려고 노력하는 것은 사랑하는 사람이 아니라 비지니스 파트너에게 요구되는 자세다. 따라서 더 잘할게, 앞으로 노력할게, 같은 연인의 맹세는 엄밀히 말해 이제 사랑은 끝났다는 선언과 같다. 수고하는 사랑은 어불성설이다. 그것은 희생이다. 희생은 성직자들이나 하는 것이지, 애인이 하는 짓이 아니다. 그 무엇도 헤아릴 겨를이 없고, 다른 어떤 것도 떠오르지 않는 막무가내의 매혹! 그때가 바로 야생이다.

강이 말을 다 끝낼 때까지 가만히 듣고 있던 내가 문득 물었다.

그런데 갑자기 그 얘길 왜 해?

목욕용품을 챙겨 욕실로 가던 강이 돌아보며 말했다.

그니까.

그 일은 여행을 시작하고 처음으로 비가 온 어느 날에 일어났다. 햇살이 쏟아지는 아침에 창가에서 늘어지게 기지개를 켰던 터라 나는 비가 오리라고는 상상도 하지 못했다. 처음엔 단순히 산책이나 좀 할까 하는 마음으로 숙소 밖으로 나왔다. 금방 돌아올 생각이었으므로 강에게도 알리지 않았다. 그렇게 걷다가 근처에 정원이 있다는 이정표를 보았고, 나선 김에 가보기로 했다.

정원은 생각보다 멀었고, 이름만 정원이지 어지간한 놀이동산보다 컸다. 비는 피르핀잘 산맥과 달 호수가 이어진 무굴 정원 어디쯤을 걸을 때 만났다. 일단 내리기 시작하자 무서운 기세로 퍼부었다. 나는 계단식 정원 꼭대기의 커다란 나무 아래로 몸을 피했다. 덩치가 큰 한 무리의 무슬림이 나를 흘깃거리며 지나갔다. 무장한 군인이 빠른 걸음으로 순찰 중이었다. 그 순간, 쌓아두고 읽지 않은 외교부의 철수 권고 문자가 현실감 있게 다가왔다. 나는 비의 한가운데에 속절없이 서 있었다.

얼마나 시간이 지났을까. 멀리서 누군가 걸어오고 있었다. 내리치는 비로 형체마저 흐릿했지만 저 사람이 분명히 내게로 오고 있다는, 말도 안 되는 확신이 들었다. 성큼성큼 다가오던 그가 발아래 붉은 벽돌 아치문으로 사라졌다. 그리고 타닥, 타닥, 조금씩 커지는 발걸음 소리로 가까워지는 자신을 알렸다. 가쁜 숨을 몰아쉬며 드디어 모습을 드러낸 사람은 바로 샤, 였다.

샤와 나는 아무런 얘기도 나누지 않았다. 우리는 서로의 언어를 몰랐고, 알았다 하더라도 그랬을 것이다. 샤의 우산은 둘이 쓰기에 너무 작았지만, 그것이 문제가 되지는 않았다. 팔짱을 끼고 몸을 꼭 밀착할 사이도 아니어서 우리는 어정쩡하게 붙어 걸었다. 그러면서도 결코, 우산 속의 서로를 벗어나지 않았다.

샤와 걷는 발끝마다 광대한 자연이 펼쳐졌다. 몇백 살의 나무들이 양옆으로 도열해 있었고 그들이 밀어 올린 나뭇잎 터널 위로 놀란 새들이 날아다녔다. 개미들은 어제 죽은 벌레의 날개를 끌며 어디론가 향했고 옅은 안개가 그 뒤를 쫓았다. 비 냄새, 비에 젖은 풀냄새, 그리고 잘 말린 찻잎 같은 샤의 몸 냄새가 공기 중에 딸려 왔다. 땅에서는 분수가, 하늘에선 비가 쏟아져 마치 물의 불꽃 속을 걷는 것 같았다. 가끔 서로의 몸이 닿았고 그때마다 우리는 어색해서 웃었다. 웃을 때 느리게 휘어지던 샤의 눈동자는, 잿빛이 도는 초록이었다.

　샤와 내가 숙소에 도착했을 때, 일행은 짓궂은 휘파람과 박수로 우리를 맞았다. 내가 가진 유일한, 그러니까 샤가 한 손을 청바지에 넣고 우산을 든 채 나를 내려다보며 미소 짓는 사진은 이때 강이 찍은 것이다.

　다음 날 우리 일행은 각자의 여정을 따라 모두 헤어졌다. 강은 파키스탄으로 가서 고행을 이어가겠다고 했고 나는 다람살라로 갈 생각이었다. 우리는 다시 만나자는 말 대신 악수로 인사를 대신했다. 내게 강은, 나를 '자기'라고 부르는 사람 중에 유일하게 믿을 만한 사람으로 남아 있다.

　그날 샤는 잘 다려진 연보라색 셔츠를 입고 나타났다. 귀에서 귀로 이어지던 긴 수염도 사라지고 없었다. 댄디한 젊은 사업가의 모습이었다. 우리 일행과 샤 팀이 맺은 계약은 모두 끝났음에도 그는 숙소 앞에서 나를 기다리고 있었다. 내 짐을 자신의 차에 실으며 공항까지 데려다주겠다고 했다. 나는 샤가 운전하는 지프 옆자리에 앉아 그의 미러 선글라스에 비치는 스리나가르의 하늘을 보았다. 새파란 하늘과 흰 구름, 다른 표현이 생각나지 않는 동화 같은 날이었다. 나는 처음으로 샤의 나이가 궁금했다.

　샤는 짐과 나를 공항 입구에 내려주고 떠났고, 나는 건물

쪽으로 걸어갔다. 잠시 후, 내 이름을 부르는 그의 목소리가 들렸다. 내가 막 공항 안으로 들어선 후였다. 건물 안은 여객들로 소란스럽고 시끄러웠지만, 나는 그 소리가 나를 찾는 샤의 것임을 단번에 알았다. 내가 입구로 되돌아왔을 때, 샤는 나를 내려준 그 자리에 다시 서 있었다. 재입장이 불가능한 공항이어서 나는 밖으로 나갈 수가 없었다. 우리는 게이트를 사이에 두고 마주 섰다. 샤가 손을 뻗어 내 팔을 자기 쪽으로 가져갔다. 내 발은 공항 안에, 팔은 공항 밖에 놓였다. 그는 끌어당긴 내 손목에 열두 개의 숫자를 써 내려갔다. 그리고 그는 다시 차로, 나는 탑승구로 걸음을 옮겼다.

자고 일어나면 조금씩 희미해지는 샤의 숫자들을 보며, 나는 티베트 망명정부가 있는 다람살라의 골목을 독립군처럼 쏘다녔다. 이따금 히말라야로부터 바람이 불어왔다.

*

남편이 도어락을 누르는 소리가 들렸다. 퇴근하는 그의 손에 와인이 들려 있었다. 출장 간 일이 잘된 모양이었다. 옷을 갈아입은 남편은 아이 방으로 갔다. 킥킥대며 웃는 소리가 간혹 문밖으로 새어 나왔다.

우리는 소파에 나란히 앉아 텔레비전을 보았다. 작은 소리에도 쉽게 흥분하고 보호자를 공격하기까지 하는 프렌치 불도그의 사연이 방영되고 있었다. 어지간해선 TV를 보지 않는 남편이 어쩐 일인지 관심을 보였다. 내 잔에 술을 따르고 자기 잔을 채워 입으로 가져가며 남편이 말했다.

예전에 개를 키운 적 있어.

그때가 생각나는지 입가에 슬쩍 미소가 돌았다. 제대하고 복학하기 전, 남편이 본가에 머물 때였다. 옆집 개가 여섯 마리의 새끼를 낳았다. 다른 강아지들은 다 분양됐는데 한 마리만 가져가는 사람이 없다고, 이미 두 마리의 개를 키우고 있던 이웃이 하도 사정하는 바람에 어머님이 데려온 것이었다. 키우게 된 첫날, 바로 알아챘다. 왜 그 녀석만 임자가 나서지 않았는지. 천방지축도 그 정도면 병이다 싶을 정도였다. 체력이 얼마나 좋은지 지치는 법이 없었고, 먹는 것부터 노는 것까지 에너지가 엄청났다. 주인이 놀자는 건지 혼을 내는 건지도 모르고 마구잡이로 날뛰었고, 아무 데서나 마운팅을 해대는 바람에 보통 민망한 게 아니었다. 주위에 다른 개라도 있으면 걷잡을 수 없이 흥분하곤 했다. 오죽했으면 이름을 '조폭이'라고 지었을까. 남편 성격에 그 개를 어떻게 견뎠는지 짐작이 가지 않았다.

남편의 가족도 남편과 성향이 비슷했다. 그들이 생활하는 모습은 음이 소거된 브이로그를 보는 듯했다. 난 늘 그 집의 구성원들이 모래알 같다고 생각했는데, 서로에게 어떤 끈끈함도 없으면서 흩어지지 않고 가득 모여 살았다.

근데, 변하더라. 적응하더라고.

조폭이는 그 집에서 조금씩 달라지기 시작했다. 남편이 책을 읽거나 음악을 들으면 그의 발밑이나 구석으로 가서 조용히 엎드렸다. 아무리 배가 고파도 낑낑대지 않고 기다렸다. 개껌을 씹을지언정 짖지 않았다. 물론 위탁소에서 훈련도 받고 그가 보호자 교육을 이수한 영향도 있었을 것이다. 남편은 조폭이의 변화를 '강아지가 개가 되는 시간'이라고 표현했다. 하지만 어쩌면 조폭이도 알았던 것 아닐까. 그 집에서 소리를 내는 건 자기밖에 없다는 것을, 그리고 그것이 아주 무용하다는 것도.

어쨌거나 조폭이는 그 집 사람들처럼 변했다. 진짜 이 개가 그때 그 개가 맞나 싶을 만큼 차분하고 조용해졌다. 나중엔 너무 의욕이 없어 보여서 식구들이 '조폭이'를 '조포기'라고 바꿔 부를 정도였다고 한다.

그래도 난 역시, '조포기'가 더 좋아.

보행로를 이탈하지 않고 개가 남편과 속도를 맞추어 나란히 걷게 되자, 그는 비로소 조포기를 반려로 받아들였다. 실제로 개는 그 집에서 13년을 살았고, 서로를 자극하는 일 없이 내내 평온하고 편안했다. 남편의 얘기가 끝날 즈음엔 방송의 불도그도 현저히 공격성이 줄고 거친 성향도 개선되어 있었다.

설거지는 내가 할게.

와인잔과 접시를 든 남편은 주방으로 가고, 나는 좀 걷고 싶어 밖으로 나왔다.

아파트 앞 근린공원에는 사람이 많았다. 저녁의 공원은 아이들의 놀이터이면서 노인들의 경로당이었다. 더불어 주민들의 헬스장 역할도 했다. 멀리서 트랙을 돌던 쌍둥이 엄마가 나를 발견하고 빠른 걸음으로 다가왔다.

언닌 어쩔 거예요?

그녀는 아침 방송에서 봤다며 어색하기 짝이 없는 자세로 걸으며 물었다. 발뒤꿈치, 발바닥, 발가락 순으로 중심을 옮기되 발끝을 11자로 유지하며 걸어야 한다면서도 자꾸 뒤뚱거렸다. 정자에 모여 있던 조리원 동기들도 나를 발견하고 손을 흔들었다.

어쩌긴, 그냥 하던 대로 하는 거지.

영어 학원 얘기였다. 언제부터인가 원장에게 남자가 있다는 소문이 돌았고 직접 목격한 사람도 꽤 되었다. 문제는 원장의 그 남자가 유부남인 데다, 그녀보다 서른 살이 많다는 것이었다. 여자들은 그 남자가 자기 남편이라도 되는 양 모두 격분했고, 원장은 멀쩡하게 잘 사는 남의 남자를 꼬드긴 세상없는 꽃뱀이 되어 있었다. 그리고 얼마 전, 그 소문에 쐐기를 박는 사건이 일어났다. 원장의 남자의 여자가 나타난 것이다.

그 일은 수업이 끝났는데도 집으로 돌아가지 않은, 학원 안에 흥미진진한 무엇이 일어나고 있다는 것을 감지한 몇몇 눈치 빠른 아이에 의해 엄마들에게 전해졌다. 여자는 고급 세단에서 사뿐히 내려 우아하게 틀어 올린 머리를 매만지며 학원 안으로 걸어 들어갔다. 다행히 드라마에서처럼 돈봉투를 던진다거나 얼굴에 물을 끼얹는 사태는 일어나지 않았다. 남자는 서울 대형 병원의 의사였는데 원장을 알게 된 후 아내에게 이혼을 요구했다고 한다. 아이가 셋이었다. 아내는 재산과 양육, 모든 걸 포기하면 그러겠다고 했고 남자는 정말 그렇게 해버렸다.

얼마나 가겠어요? 남자는 돈이 없고, 원장은 늙을 텐데.

젊은 엄마들의 이상향 같던 원장이 남자로, 그것도 늙은 유부남으로 귀결되는 결말에 여자들은 배신감을 느꼈다. 동시에, 갑자기 자기 남편이 더없이 소중하게 느껴졌다. 이제 학원에는 내 아이와 원장의 딸 말고는 원생이 없었다.

사람들을 뒤로하고 나는 해안가로 향했다. 어두워서 경치라고는 하얀 포말뿐이었지만 성수기가 지난 바다의 쓸쓸함도 나쁘지 않았다. 셔터가 내려진 점포들 사이에서 간판에 불이 켜진 식당 하나가 눈에 들어왔다. 역시, 내가 생각했던 그곳이었다. 동네에서 맛없기로 악명이 나 있는 식당이었고 실제로 그랬다. 가정식 백반이 주메뉴인데, 도대체 무슨 배짱으로 요식업을 생각했는지 존경스러울 정도였다. 그 가게가 망하지 않는 절대 비밀은 운영시간에 있었다. 그 식당은 1년 365일 24시간 문을 열었다. 사람들은 기껏 찾아간 다른 식당이 휴업일 때, 하는 수 없이 그 식당에 갔다. 맛은 없었지만 언제나 영업 중이었고, 주인 여자는 친절하지도 않았지만 퉁명스럽지도 않았다.

나는 창가에 앉은 커플을 발견하고 걸음을 멈추었다. 원장과 원장의 남자였다. 그들은 된장찌개를 앞에 두고 창을 향해 놓인 의자에 나란히 앉아 있었다. 서로를 바라보느라 정작 바로 앞에 내가 있는 것조차 눈치채지 못했다. 그들은 나도 먹어봐서 아는, 소태나 다름없는 된장찌개를 세상에서 가장 귀하고 맛난 것처럼 먹고 있었다. 바짝 마른 두부가 브라타 치즈처럼 탱글하고 폭신해 보일 지경이었다. 가게 벽의 덕지덕지 붙은 기름때와 삐걱대는 가구마저 방금 광을 낸 것처럼 반짝였다. 그들은 한쪽 어깨를 기울이며 다가갔다가 출렁이는 파도처럼 멀어졌다. 흡사 춤을 추는 것 같았다. 마주하는 눈빛이 식당 안의 공기를 덥히고, 그들의 웃음이 비눗방울처럼 부유했다. 그것은 마치 공간 없는 어떤 공간에 그들 아닌 그들로 존재하는 것 같았다. 그렇게 순하게 웃는 원장을 처음 보았다. 나는 그 신비한 광경을, 그 빛나는 순간을 오래오래 지켜보다 집으로 돌아왔다.

거실에는 아무도 없었다. 나는 현관문을 잠그고 거실 등을 끄고 주방의 등도 껐다, 가 다시 켰다. 싱크대 설거지통에 담긴 커피잔이 눈에 들어와서였다. 낮에 아이가 급하게 불러 거기 두고는 그대로 잊어버리고 있었다. 커피잔의 림과 손잡이의 화려한 금박 위로 남편이 조금 전 와인잔을 씻느라 사용했을 세제 방울이 작고 둥글게 맺혀 동동 떠 있었다.

어두운 거실에 우두커니 서서 나는 야생에 대해 생각했다. 경련처럼 찾아오는 그 순간을, 힘들게 거역하던 그 시간을 떠올렸다. 나의 야생은 낯설고 거칠며 축축하고 아득했다. 타성에 잠겨 있던 나의 일상은 그것이 밀어 올리는 부력에 의해 붕 떠올랐고, 그 한 조각의 기억은 간신히 지탱하던 삶의 균형을 일순간 무너뜨렸다. 그래서 나는, 내가 기쁜지 슬픈지조차 알 수 없었다. 다만 아무 의미도 없어 보이는 그것이 실은 거대한 실체를 숨기고 다가오고 있다는 것을 이제 안다. 사납고 거센 고요가, 온 집 안에 가득하다.

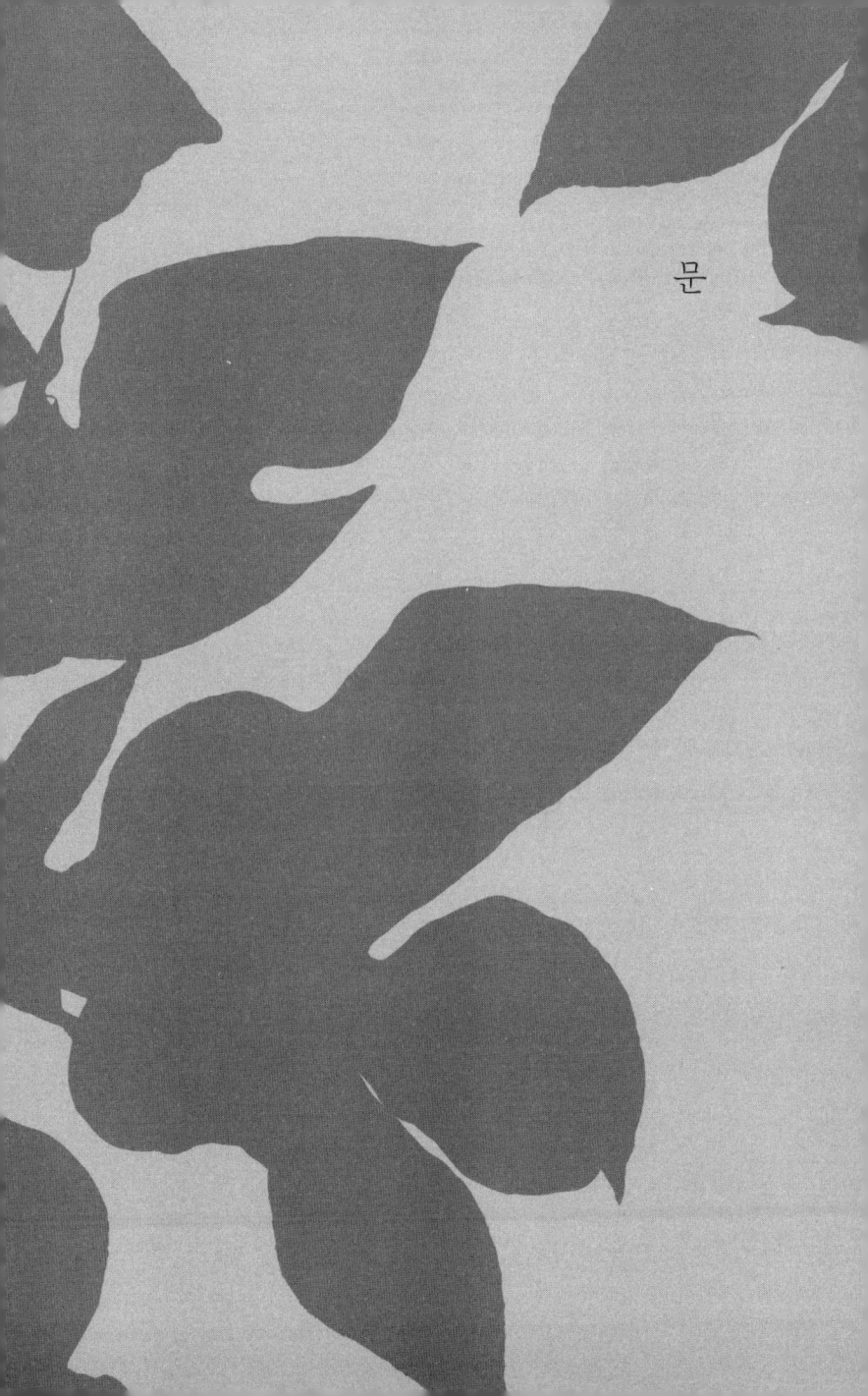
문

아버지는 고개를 떨어뜨린 채 침대에 앉아 있다. 은영이 팔꿈치로 툭 건드리자 몸이 비스듬히 기울더니 허리를 중심으로 상반신은 침대에, 발은 바닥에 닿은 채 엎어졌다. 은영은 대통령을 꿈꾼 적도 없지만 벌거벗은 아버지의 시신도 상상해본 적이 없었다. 산다는 것이 조금씩 발랄함과 멀어지는 일이라면 지금 은영은 아주 오래 산 기분이었다. 털썩, 바닥에 주저앉았다. 접은 무릎을 팔로 감쌌다. 창밖의 구름이 아버지 몸에 음영을 만들며 돌아다니는 것을 지켜보았다.

아버지의 벌어진 가랑이 사이로 항문이 드러났다. 생각보다 특별하지 않았다. 양쪽 엉덩이에 길이가 같은 칼집을 넣어 그 내심을 칼로 콕 찍으면 벌건 수박 속살 같은 항문이 튀어나올 것 같았다. 은영은 갑자기 의심이 들었다. 아무도 모르게 아버지의 심장은 혈액을 밀어내고 있는 게 아닐까. 어쩌면 신경계끼리 신호를 주고받는 중인지도 모른다. 고개를 저었다. 아니다, 아버지는 죽었다.

　은영은 집 안 여기저기를 마지막으로 둘러보았다. 아버지의 방은 조그만 실험실 같다. 그는 글로벌 제약사를 목표로 신약 개발에 힘쓰는 중소기업의 팀장이었다. 아버지 책장의 상당 부분은 실험기구와 기자재들로 채워졌는데, 연구를 하기 위해서라기보다는 일종의 인테리어 같은 거였다. 은영은 팔짱을 끼고 천천히 걸으며 그것들을 하나하나 훑어보았다. 사각 비커와 메스실린더 사이에 둥근바닥플라스크가 놓여 있었는데, 그 오른쪽 모퉁이에 은색 철제함이 보였다. 손바닥만 한 상자는 몸체가 거의 가려져 잘 보이지 않았다. 은영은 길게 팔을 뻗어 손가락으로 더듬어 힘겹게 그것을 집었다. 붉은 십자가 장식이 있는 뚜껑을 열었다. 희고 미세한 가루가 든 비닐 지퍼백이 봉해져 있었다. 그 아래에는 꼭지를 비틀어 개봉하는 증류수 앰플 몇 개, 그리고 주사기 두 개가 함께 들어 있었다. 가루에 코를 갖다 댔다. 연한 건초 향이 났다. 이것은 은밀하고 나쁜 어떤 것이라는 직감이 들었다.

거실로 나오자 은영의 생일상이 그녀를 기다리고 있었다. 케이크는 흘러내린 초의 흔적으로 지저분했다. 은영은 괜히 노래를 불러보았다. 사랑하—는 으—녕—이 생일 추욱—하 합니다. 그녀의 노래는 미적지근했다. 아버지 방에서 가지고 나온 은색 함을 케익 장식용 띠로 묶고 나비 모양으로 매듭 지었다. 그것을 가방에 넣고 은영은 꼭 필요한 몇 가지만 더 챙겨 집을 나왔다.

조그만 배낭을 멘 은영의 모습이 불 꺼진 쇼윈도에 비쳤다. 친구 집에 놀러 가는 학생 같았다. 조금 전까지 아버지의 시신과 함께 있던 사람 같지는 않았다. 마음이 놓였다.

정류장 의자에 앉은 그녀 앞으로 버스들이 멈췄다 출발하기를 반복했다. 은영은 갈 곳이 없었다. 자신 옆에 서 있는 광고 스탠드에서 정보지 하나를 집어 들었다. 구인 광고란을 펼쳤다. '입주 간병인 구함. 자격증 불필요. 가족같이 지낼 분.' 정류장 벤치에는 은영밖에 없었다. 멀리서 버스가 들어오고 있었다. 은영이 일어섰다.

*

현관문이 열리고 은영을 맞이한 사람은 휠체어에 앉은,

목 위로만 살아 있는 남자였다. 가족으로 보이는 사람들이 배경처럼 우르르 서 있었다. 은영이 그 남자에게서 가족으로 시선을 옮겼을 때, 당황한 것은 그녀만이 아니라는 사실을 그들의 표정이 말해주었다. 하긴 아무렇게나 자른 짧은 머리에 스모키한 화장, 스터드 장식의 가죽 잠바를 입은 방문객이 흔한 일은 아닐 것이다.

광고 보고 왔는데요.

은영이 입을 열자 가족들의 눈은 더 커졌다. 그녀의 혀 피어싱이 그들을 찌른 것 같았다.

일단 안으로.

목만 살아 있는 남자가 그렇게 말하자, 가족들은 남자에게로 다시 고개를 돌렸다.

여기서 그쪽과 나만 지냅니다. 괜찮겠어요?

이 사람들과 다 같이 사는 것은 곤란하겠다, 는 은영의 생각을 읽은 것처럼 남자가 말했다. 은영이 뭐라 대답할 새도 없이, 가족들의 질문이 쏟아졌다. 은영에게 호감을 보이는 남자가 그들을 다급하게 만든 모양이었다.

간병해본 경험 있어요? 얘를 들어 올려 씻겨야 하는데, 몸이 너무 약하지 않나? 어려 보이는데, 변 처리까지 할 수 있나요?

잘할 수 없기를, 그만 여기서 돌아가주기를 바라는 가족들의 마음이 고스란히 전해졌다. 하지만, 그들의 마음을 받아주기에는 은영의 처지도 만만찮았다.

해볼게요.

남자는 엷게 미소 지었으나 가족들은 재앙을 겪는 얼굴이었다. 그중 어머니로 보이는 여자는 급기야 문을 꽝 닫고는 나가버렸다. 나가기 전에, 몸을 홱 돌려 남자를 쏘아보며 소리쳤다.

이 지경이 되고도, 또 저런 애냐!

그렇게, 남자와 은영의 어정쩡한 동거가 시작되었다. 남자의 이름은 문, 말이 없는 사람이었다. 은영 또한 특별히 할 얘기가 없었으므로 그들의 생활은 조용했다. 문의 몸은 뒤틀리거나 기형적이지 않은 것으로 보아 선천적이라기보다는 사고로 인한 장애 같았다. 짙은 눈썹과 단단한 턱은 차갑고 반듯했다. 저음으로 간략하게 용건만 전하는 말투 또한 단호하고 확고해서, 그가 그녀의 도움 없이는 아무것도 할 수 없는 사람이라는 것이 종종 믿기지 않았다. 방심하고 있는 그녀를 향해 두 팔을 벌려 서프라이즈! 하고 웃으며 휠체어에서 벌떡 일어설 것만 같았다.

문은 혼자서 밥을 먹을 수도, 화장실을 갈 수도, 양치를 하거나 면도를 할 수도 없었다. 아주 노력하면 팔을 약간 들어 올려 손가락을 구부리는 정도는 가능했다. 하지만 그것마저도 힘이 잘 실리지 않아 팔이 허공에서 진자운동 몇 번을 하고서야 가능했다. 그렇게 간신히 노트북 자판을 눌러 인터넷 검색을 하거나 책장을 넘겨 독서를 하는 것으로 소일했다.

은영의 일은 간단한 식사 준비와 자질구레한 청소, 그리고 단순한 병구완이었다. 문의 아파트는 꽤 큰 평수지만 휠체어가 다니기 쉽게 바닥의 턱을 모두 없애서 청소가 그리 힘들지 않았다. 그는 배설을 의식해서인지 많이 먹지도 않아 요리도 별반 할 게 없었다. 정작 문제는 다른 곳에 있었는데, 문의 용변을 위해 소변 통을 들고 바지를 내릴 때마다 기막히게 은영의 손길을 감지하는 그의 성기였다. 전신이 마비된 상태에서 그것이 반응한다는 것이 이해되지 않았지만 문은 모르는 척, 은영은 태연한 척했다.

은영은 자신이 좋아하는 음식들로 문의 밥상을 차렸다. 짧은 모히칸 스타일로 그의 머리를 바꿨다. 아이돌에게나 어울릴 법한 옷들을 문에게 입혔다. 가끔 방문하는 그의 가족들은 얼굴을 찌푸렸지만 정작 문은 아무렇지도 않아 보였다.

문을 돌보는 날이 이어질수록 은영은 모종의 평화를 느꼈다. 그런 얌전한 일상이 좋았다. 어느 날 걸레질을 하는 그녀를 향해 문이 물었다.

이름이 뭐랬지?

은영은 첫날에 즉흥적으로 내뱉었던 자신의 이름을 기억해내려 애썼다.

됐다.

조금 뜸을 들이다가 문이 다시 말했다.

운전할 줄 아니?

알면요?

어디든 가자.

은영도 문득 궁금하던 것이 생각났다.

또 저런 애, 는 누구예요?

문은 그게 무슨 말인지 잠깐 생각했고, 곧 이해했다. 그리고 예상보다 훨씬 순순하게 대답했다.

아내.

처음 은영이 차를 몰고 문과 간 곳은 집과 가까운 수목원과 미술관 정도였다. 그러나 다른 간병인들과 달리 은영이 외출을 좋아한다는 것을 알자 문은 조금씩 더 먼 곳으로 가길 원했다. 그렇게 그들의 외출은 여행이 되었고 문의 말대로 어디든 갔다. 차창을 내리고 속도를 높이면 세상의 모든 바람이 그들에게 불어오는 것 같았다. 은영은 잔잔히 흐르는 강물 앞에 나와 앉은 기분이었다. 힐끗 쳐다본 문의 시선은 언제나 밖을 향해 있었고, 생각에 잠긴 듯한 그의 옆모습에서는 아무것도 읽을 수가 없었다.

짧은 여행의 어느 날이었다. 간병의 마지막 순서는 언제나 목욕이었다. 그것은 은영의 일과 중 가장 비중 있는 것이었다. 몸을 움직일 수 없는 문에게 청결한 피부 유지는 필수였다. 조금만 방심해도 욕창이 생겼다. 목욕 후에는 재빨리 물기를 말려 체온을 유지하는 것 또한 아주 중요했다. 면역력이 약한 문은 사소한 감기도 곧바로 폐렴으로 옮겨갔기 때문이다. 그것은 그에게 치명적인 병이 될 수 있었다. 대수롭지 않게 여긴 감기로 문이 몇 번 입원한 후 은영은 강박적으로 이 일에 예민했다. 여행지에서 그를 씻기는 일은 더욱 그러했다. 욕조의 구조나 샤워기 사용법이 숙소마다 조금씩 달라 바짝 집중해야 했다.

그날도 그런 날이었다. 이미 문의 옷을 벗겼는데 막상 씻기려니 물 사용법이 헷갈렸다. 은영은 그의 벗은 몸이 걱정되어 일단 그를 욕조에 눕혔다. 그리고 온수 버튼을 눌러 욕조를 채워 나갔다. 문의 몸이 물에 완전히 잠겼다. 은영은 그제야 한숨을 돌렸다. 눈을 감는 문을 뒤로하고 주방으로 향했다. 저녁을 준비하는 은영의 입에서 노래가 흘러나왔다.

이젠 요리도 제법 능숙해져 곧잘 그럴싸한 밥상을 차려내곤 했다.

　식사 준비를 거의 끝내고 은영은 다시 욕실로 갔다. 어느 정도 피로가 풀렸을 문을 비누로 씻길 차례였다. 문은 눈을 반쯤 감은 채 몸을 물에 맡기고 있었다. 은영은 스펀지에 바디 클렌저를 묻혀 문의 몸으로 가져가다 소스라치게 놀랐다. 그의 몸에는 비눗방울 같은 수포가 터지기 직전으로 부풀어 있었다. 화상이었다. 은영은 물 온도를 체크하지 않았다는 사실을 깨달았다. 다닥다닥 붙어서 온몸에 솟아 있는 그 물집은 보는 것만으로도 충분히 공포스러웠다. 문이 감았던 눈을 뜨며 은영에게 미소 지었다. 은영은 그의 몸을 뒤덮은 물집과 그의 미소가 비현실적으로 느껴졌다. 은영이 손을 대자 수포는 기다렸다는 듯이 피를 밀어 올렸다. 은영은 일단 욕조의 물을 빼고 휴대폰을 찾았다. 상황을 파악한 문이 차분하게 말했다.

　전화할 필요 없어.

　은영은 몇 개 안 되는 번호도 손이 떨려 제대로 누를 수가 없었다.

　괜찮아, 괜찮다고.

　은영은 아무 말도 들리지 않았다. 단지 빨리 누군가가 와

주길, 어서 이곳에서 벗어나기만을 바랐다. 두어 번의 실패 끝에 막 마지막 숫자를 누르려던 참이었다.

하지 말라고!

문이 날카롭게 소리쳤다. 그제야 은영은 휴대폰에서 눈을 떼고 문을 보았다. 눈물 범벅이 된 은영의 얼굴을 마주한 문이 낮게 한숨을 내쉬었다.

안 아파. 잊었어? 전신마비인 거?

은영이 거즈로 문의 몸을 닦아낼 때마다 그의 살갗이 잘 구워진 식빵의 결처럼 벗겨졌다. 문은 거듭 괜찮다고 말했지만, 이전의 몸으로 돌아갈 수 없는 한 괜찮은 건 아무것도 없다고 은영은 생각했다.

*

아버지는 평범한 사람이었다. 성실하고 근면했다. 적어도 다른 사람 눈에는 그랬다. 은영은 생리를 시작했고 가슴선이 옷 밖으로 드러나기 시작했다. 무엇보다 얼굴이 사진 속의 엄마와 아주 비슷해지고 있었다.

중학교 1학년 여름밤이었다. 은영은 거실에서 수학 문제를 풀고 있었다. 기말고사가 코앞이었다. 아버지가 다가왔다.

술 냄새는 나지 않았지만 눈은 취해 있었다. 아버지는 은영의 손을 다짜고짜 낚아챘다. 은영은 얼결에 문제집을 그러쥐었다. 아버지가 은영을 침대 위로 던지듯 내팽개치는 바람에 딸려 온 문제집도 덩달아 펼쳐졌다.

일정한 속력으로 달리는 기차가 길이 430m의 터널을 완전히 통과하는 데 20초가 걸렸고, 길이가 720m의 터널을 통과할 때는 기차가 30초 동안 보이지 않았다. 그렇다면 기차의 길이는 얼마인가?

은영은 무릎을 꿇고 엎드렸다. 우선 기차의 길이를 x로 두었다. 아버지는 은영의 뒤에 있었다. 길이가 430m인 터널을 완전히 통과하는 데 20초가 걸렸으니 기차의 속력은 $\left(\frac{430+x}{20}\right)$m/s. 아버지의 바지 지퍼가 내려가는 소리가 들렸다. 길이가 720m인 터널을 통과하는 데는 30초니까 $\left(\frac{720-x}{30}\right)$. 아버지가 낮게 앓는 소리를 냈다. 기차는 일정한 속력으로 달리므로 $\left(\frac{430+x}{20}\right)=\left(\frac{720-x}{30}\right)$. 아버지의 소리에 점점 속도가 붙었다. 양변에 60을 곱하면 $3(430+x)=2(720-x)$. $1290+3x=1440-2x$. $5x=150$. 아버지와 은영은 서로의 답을 향해 양보 없이 나아갔다. $x=30$. 마침내 아버지가 침대 위로 쏟아졌다. 기차의 길이는 30미터였다. 은영이 건너야 할 터널은 그보다 길었다.

은영에게는 처음부터 엄마가 없었다. 은영은 엄마를 몰랐다. 나를 보는 아버지는 나를 보고 있지 않다고, 은영은 어릴 때부터 생각했다. 아버지는 내 눈에서 무엇을 찾는 걸까? 알 것도 같았고 그래서 은영은 알고 싶지 않았다. 그녀를 낳다 죽은 엄마를 은영이 잡아먹기라도 한 것처럼 그녀를 바라보는 아버지의 눈은 언제나 화가 나 있었다. 은영은 엄마를 모르고, 자신에게서 엄마를 찾는 아버지도 알 수 없었다. 모르는 엄마와 알 수 없는 아버지가 부모인 것은 부적절하게 여겨졌다. 은영은 이들과 함께 사는 일이 즐겁지 않았다. 마치 유령의 집 같았다.

은영은 성폭력 위기센터에 전화를 걸어 내 친구 얘긴데요, 라며 상담을 했다. 아버지가 교도소에 간다 해도 출소하면 은영은, 아니 은영의 친구는 다시 아버지와 살아야 한다고 상담사는 말했다. 법이 그렇다고 했다. 아버지가 유일한 보호자이기 때문이라고 친절하게 덧붙였다. 은영은 전화를 끊고 입을 오므리며 따라 해보았다. 보, 호, 자.

그날 이후 은영은 항문이 불편했다. 불편한 것은 아픈 것과 달랐다. 엉덩이를 엉거주춤 걸치고 의자에 앉았다. 학생들 사이를 오가던 선생님이 치질이냐? 물었다. 반 아이들이 일제히 와, 하고 웃었다. 은영은 자주 학교를 빠졌다.

그럼에도 은영은 이웃돕기 행사에는 꼭 참여했다. 식빵 모양의 저금통에 돈을 모아 기부하면 그 돈으로 가난한 나라 아이들을 돕는 것이었다. 아버지는 은영에게 용돈을 넉넉하게 주었다. 은영은 그 돈이 징그러웠다. 저금통의 돈이 쌓일수록 더 가난해지는 기분이었다. 피부가 까맣고 눈이 퀭한 아이들을 떠올렸다. 기쁘지 않았다.

은영은 1년에 한 번 피어싱을 하러 갔다. 그날은 엄마의 기일이자 자신의 생일이었다. 춘분과 추분, 하지와 동지처럼 그것은 은영이 정한 절기(節氣)였다. 그렇게 시간이 흐르는 것을 기념했다. 조그만 간판에 적힌 '타투&피어싱'을 따라 계단을 오르면, 검은 소파에 정물처럼 앉은 주인이 있었다. 벽면을 채운 갈고리 모양의 귀걸이와 세공이 섬세한 여러 가지 은 제품들을 구경하고 있으면 그제야 주인은 굼뜨게 일어서며 물었다.

피어싱? 타투?

주인은 노란 염색 머리를 허리까지 기른, 다리가 길고 빼빼한 남자였다.

피어싱.

내 전공은 타툰데, 실력 발휘할 기회를 안 주네.

말은 그렇게 했지만 실망한 것 같지는 않았다. 바늘이 이쪽 살을 뚫고 저쪽에서 모습을 드러내는 것이 은영은 좋았다. 해마다 한 개씩의 구멍이 적금처럼 몸에 쌓였다.

어리석게도 은영은 이제 끝났다고 생각한 적이 있었다. 시시한 직장이지만 집에서 멀리 떨어진 부품 조립공장의 기숙사에서 살게 되었을 때였다. 야근을 막 끝내고 숙소로 돌아오던 어느 날, 그가 기다리고 있었다.

집에 가자, 생일이잖니.

그가 은영의 손을 잡았다. 뱀처럼 미끈한 손이었다. 퇴근하던 동료들이 은영을 둘러싸며 잔뜩 경계했다.

아버집니다.

마치 그 말이 마법을 푸는 주문이라도 되는 양, 사람들은 스르르 물러났다. 누군가는 미안하다고도 했다. 은영은 다시 공장으로 돌아가지 못했다.

생일 케이크에서 초가 타고 있었다. 아버지는 케이크를 손으로 뭉텅 떠 입으로 가져갔다. 끈적이는 손으로 벨트를 풀었다. 눈이 풀린 아버지가 은영에게로 다가왔다. 그 순간 발이 엉키며 휘청였다. 아버지는 너무 쉽게 중심을 잃었다. 벽에 쿵, 부딪치는가 싶더니 이내 침대로 고꾸라졌다. 고개를 푹 떨어뜨린 채 침대에 걸터앉은 모습으로 움직임이 없었다. 은영은 옆으로 고개를 틀어 바닥을 향한 아버지의 눈을 바라보았다. 그 눈은 이제 엄마를 찾고 있지 않았다. 아버지는 죽었고, 이곳은 진짜 유령의 집이 되었다.

*

마비니까.

드레싱을 하는 은영이 어떻게 그렇게 침착할 수 있냐고 물었을 때, 문은 그렇게 대답했다. 그것을 묻는 게 아니라는 것을 알면서도 문은 더 이상 설명하지 않았다. 문은 방으로 들어가겠다고 했다. 침대에 눕자마자 눈을 감았다. 혼자 있고 싶다는 뜻이었다. 은영은 그의 방을 나왔다. 방문이 닫히는 소리가 들리자 문이 다시 눈을 떴다. 그리고 그 꿈을 떠올렸다. 아내가 심연의 물속에서 그를 바라보는 꿈이었다. 그 꿈은 밤마다 그를 그곳으로 데려갔다. 문이 아내를 물 밖으로 건져냈을 때는 이미 숨을 거둔 뒤였다. 그러나 그 꿈은 지치지도 않고 아내가 자신을 바라보는 그 물속으로 문을 데리고 갔다. 그리하여 문은, 자신을 바라보는 아내의 그 마지막 눈을 보고 또 보아야만 했다.

그와 처음 만났을 때 여자는, 자신이 알코올중독 가정에서 자랐다는 것과 그래서 여러 친척 집을 전전했던 경험을 얘기했다. 어린 나이에 전담 양육자 없이, 이모나 고모 혹은 그의 남편과 자녀들의 껄끄러움을 견뎌야 했던 경험을 얘기했다. 여자는 자신이 감당해야 했던 충격과 혹독함을 가감 없이, 그러나 담담하게 그에게 전했다. 문이 사랑에 빠진 것은 정확하게 그 지점이었다. 그는 여자의 어두운 그림자, 그 음울에 끌렸다. 문은 여자를 도와주고 싶었고 그녀의 헌신적인 구원자가 되고 싶었다. 가족들의 극심한 반대를 무릅쓴 힘도 거기에서 나왔다. 여자를 환하고 명랑한 세상으로 데리고 가, 밝은 온기로 그녀의 암울을 모조리 뒤덮어버리겠다고 마음먹었다.

은영이 눈을 뜬 곳은 문의 방이었다. 간밤, 비명을 지르는 문의 곁을 지키다 잠들어버린 모양이었다. 고개를 드는 그녀의 이마에 무게가 느껴졌다. 문의 손이었다. 가늘고 힘없고, 부드럽고 따뜻한 손이었다. 문의 손을 걷어내면서, 그의 손이 자신의 이마에 얹히기까지의 수고를 떠올렸다. 자신의 무엇이, 잘 움직이지도 못하는 그의 손을 거기에 이르게 했는지를 생각했다. 그날부터 은영은 그녀의 방으로 돌아가지 않았다. 은영은 문의 슬픈 꿈을 지켰고, 문은 잠 못 드는 은영을 재웠다. 은영은 문의 손을 느끼며 일어나는 아침에, 타인의 신체가 위로가 될 수 있다는 것을 처음 알았다.

은영은 문의 침대에서 달팽이처럼 쪼그리고 잠을 잤다. 문은 민달팽이의 잃어버린 집처럼 단단했다. 은영은 그의 발기한 성기에서 소변 통을 빼냈고, 그들은 함께 밥을 먹고 산책을 나갔다. 은영과 문의 생활은 단조로웠지만 지루하지 않았다. 그들의 감정은 모호했지만 우정은 아니었다.

　그날은 재활치료 없이 약만 타면 되는 날이었다. 은영은 문을 집에 남겨두고 혼자 병원에 갔다. 약을 타는 순간에도 마음이 급했다. 문의 몸은 몇 시간마다 자세를 바꾸어주지 않으면 욕창이 생기기 일쑤였다. 은영은 문의 이름이 호명되길 기다리며 약사의 입만 쳐다보았다.

　돌아가는 길이 유난히 막혔다. 차들이 아주 느리게 앞으로 나아갔다. 은영은 길게 고개를 빼고 창밖을 내다보았다. 경찰이 검문을 하고 있었다. 은영은 아버지를 떠올렸다. 집에서 홀로 썩고 있을 시신을 생각했다. 점점 검문 순서가 다가왔다. 은영의 심장이 빠르게 뛰었다. 핸들을 꺾어 차를 반대편 차선으로 돌렸다. 앞 운전자의 면허증을 훑어보던 경찰이 급하게 고개를 들었다. 은영은 속도를 높였다. 곧 경찰차가 요란한 소리를 내며 따라붙었다. 다행히 문의 차는 성능이 좋았다. 조금씩 거리가 벌어졌다. 골목길로 접어들자 은영은 차를 버리고 도망쳤다. PC방에서도, 찜질방에서도 은영은 문을 생각했다. 인사도 없이 떠나고 싶지는 않았다.

문의 집으로 돌아갔을 때, 처음처럼 우르르 그의 가족들이 그녀를 노려보았다. 문은 은영에게 들어오라는, 가족들에게는 돌아가라는 고갯짓을 했다. 그의 어머니는 이럴 줄 알았다는 듯 쌀쌀한 태도로 문에게 말했다.

아직, 부족하니?

은영이 도피하던 동안 그는 아무에게도 연락하지 않았다. 마침 근처를 지나던 누나가 그를 발견할 때까지 문은 혼자였다. 가족들의 비난이 끝나고 드디어 문과 둘만 남게 되었을 때 은영이 말했다.

아버지가 죽었어요.

경찰이 다녀갔다.

제가 죽인 건 아니에요.

차를 도난당했다고 했는데, 믿는 것 같진 않더라.

아니 어쩌면, 제가 죽인 건지도 몰라요.

문은 뭔가를 말하려고 입술을 떼다가, 말았다. 그리고 꽤 긴 침묵 뒤에 다시 입을 열었다.

떠날 거니?

그래야겠죠.

그날 밤 은영은 마지막으로 문을 씻겼다. 평소보다 훨

씬 정성을 들였다. 그가 좋아하는 음식들로 저녁상을 차렸다. 그 나이에 어울리는 옷으로 골라 입혔다. 눈을 살짝 가리는 옆머리를 빗어 넘겼다. 근사했다. 문이 잠들자 은영은 짐을 챙겼다. 짐 같지 않은 짐이었다. 문의 책장 앞에서 까치발을 하고 높이 숨겨둔 아버지의 상자를 꺼냈다. 그때 나란히 꽂혀 있던 문의 노트가 바닥으로 떨어졌다. 떨어지면서 우수수, 같이 끼워져 있던 사진들이 바닥에 흩어졌다. 사진 속의 문은 건장한 어깨와 튼튼한 다리를 하고 있었다. 여자는 작고 마르고 말간 얼굴이었다. 은영은 그녀가 문의 아내라는 것을 직감했다. 분명 처음 보는 사진인데 이상하게 눈에 익다고 은영은 생각했다. 자세히 들여다보니 문과 여자가 있는 사진의 배경이 그와 자신이 다녔던 곳과 모두 같은 데였다.

문은 또 같은 꿈속에 있었다. 여자의 우울은 생각보다 깊었다. 아내의 자살 시도가 거듭되자 문은 혼란스러웠다. 그녀가 진심으로 원하는 것을 자신이 온 힘을 다해 방해하는 것 같았다. 문은 지쳐갔다. 여자는 삶을 바라지 않았고 문은 아내를 바꿀 수 없었다. 그것은 좌절 이상의 고통이었다. 문은 그녀의 구원자가 되고 싶었으나, 여자는 구원을 원하지 않았다. 둘은 점차 더 불행해져갔다.

그날도 문은 아내를 찾아 곧장 물속으로 뛰어들었다. 문은 고교 시절 선수 제의를 받을 정도로 수영 실력이 좋았다. 사력을 다해 아내를 찾았다. 그리고 마침내 밑으로 가라앉는 아내를 보았다. 바로 그때, 그는 망설였다. 문은 움직이지 않았다. 바닥 아래로 가라앉으며 여자는, 자신에게로 오지 않는 남자를 가만히 바라보았다. 문과 여자 사이에 하염없는 물이 있었다.

여자가 죽은 뒤, 문은 팔과 다리를 움직일 수 없었다. 가족은 문을 의사에게 데려갔다. 몸에는 아무 이상이 없다고 의사가 말했다. 심인성 질환, 이라는 진단을 내렸다. 그렇게 몇 년이 흐르자 문은 운동과 감각 기능이 소실되었고 사지마비와 대소변 장애가 시작되었다. 욕창과 요로감염, 폐렴이 번갈아 찾아왔다. 의사는 전신마비라는 새로운 진단을 내렸다.

문이 기침을 했다. 그 소리는 다 타버린 재에서 올라오는 연기 같았다. 마비여서 괜찮다는 그의 말은 거짓일 것이다. 은영은 이불을 걷고 소변 통을 확인했다. 발기한 문의 성기가 슬퍼 보였다. 가만히 그를 안았다. 몸이 뜨거웠다. 앙상한 뼈가 고스란히 느껴졌다. 잠든 줄 알았던 문이 말했다.

같이 가.

차 트렁크에 짐들을 차곡차곡 실었다. 은영이 손바닥을 탁, 탁, 털고 차에 올랐다. 옆자리의 문을 보았다. 그는 언제나처럼 창밖을 바라보고 있었다.

문이 말한 산은 생각보다 험했다. 근처 산장에 우선 짐을 맡겼다. 산장 노부부는 문을 아는 것 같았다. 그들을 반갑게 맞았지만 그의 달라진 몸에 대해서는 묻지 않았다. 차를 몰고 꽤 높은 곳까지 갔는데도 문은 더 높은 곳을 가리켰다. 그곳은 길이 지나치게 좁았고 포장도 되어 있지 않았다. 비를 잔뜩 품은 검은 구름도 심상치 않았다. 그러나 문은 막무가내였다. 그가 그렇게 고집을 피우는 것은 처음이었다. 은영은 문의 뜻대로 하는 수밖에 다른 도리가 없었다.

문의 장담대로 산은 오를수록 훌륭했다. 빽빽하게 들어찬 나무들과 황색 바위 언덕은 웅장했다. 처음 보는 새들이 야생화 위를 날아다녔다. 바람을 타고 푸른 향기가 밀려왔다. 그리고, 호수가 있었다. 은영은 그런 곳에 호수가 있다는 것도, 호수가 그토록 아름다울 수 있다는 것도 믿기지 않았다. 문이 은영의 표정을 살피며 즐거워했다. 호수가 그들의 모습을 고스란히 반영했다. 그러나 그것도 잠시, 비가 내리기 시작했다. 설상가상으로 어둠이 덮쳤다. 산은 순식간에 암흑이 되었다. 은영은 운전을 할 수 없었고 휴대폰은 신호가 잡히지 않았다.

산속 기온은 놀랄 만큼 낮았다. 은영과 문은 서둘러 차로 돌아왔다. 문은 밤새 기침을 해댔다. 그의 자세를 바꿀 수도, 씻길 수도 없어 은영은 애가 탔다. 할 수 있는 것이라고는 의자를 최대한 뒤로 젖히는 것뿐이었다. 그리고 날이 밝기만을 기다렸다. 은영과 달리 문은 느긋해 보였다. 그는 늦은 새벽까지 호수를 바라보았다. 아니, 오직 호수만을 보았다. 얼마나 시간이 흘렀을까, 문이 눈을 감았고 비로소 잠이 들었다. 그가 완전히 잠든 것을 확인하자 은영도 긴장이 풀리면서 졸음이 쏟아졌다.

문은 아내와 함께 호수에 있었다. 그가 적당한 곳에 자리를 깔고 피크닉 가방을 풀었다. 그가 한눈을 파는 사이, 여자가 물속으로 뛰어들었다. 문이 곧장 아내를 따라 물속으로 들어갔다. 그는 가라앉는 여자를 발견하곤 한 치의 망설임도 없이 아내를 향해 헤엄쳤다. 문의 팔뚝엔 힘줄이 불거졌고 물을 밀어내는 다리는 거침이 없었다. 그의 팔과 다리가 거센 물보라를 일으키며 나아갔고, 마침내 여자에게 가 닿았다. 여자는 두 팔을 벌려 자기 가슴 쪽으로 문을 끌어당겼다. 온몸으로 그를 품었다. 그녀의 희고 가는 다리가 문의 허리를 감았고, 여자의 긴 팔이 문의 목을 안았다. 여자가 그녀의 뺨으로 그의 얼굴을 어루만졌다. 그렇게 그들은 서로를 칭칭 감고 단단히 엉켜, 언제까지고 움직이지 않았다.

은영은 이상한 느낌에 눈을 떴다. 그리고 문의 몸이, 그의 팔과 다리가, 힘차게 허공을 가르며 움직이는 것을 보았다. 은영은 벌떡 몸을 일으켰다. 차 천장을 더듬어 서둘러 등을 켰다. 그러나 환한 불빛 아래 드러난 문은 미동도 없었다. 늘 은영을 위로하던 문의 손이 맥없이 툭, 아래로 떨어졌다.

그 아침의 나뭇잎은 한층 더 푸르고 투명했다. 비가 산봉우리를 넓게 감싸며 운무를 만들었고, 그 운무 사이를 어린 짐승들이 돌아다녔다. 산은 경이로웠으나 태양은 아주 더디게 떴다. 그리고 문은 아무리 거칠게 흔들어도 깨어나지 않았다.

예상과 달리 문의 가족은 은영에게 어떤 책망도 하지 않았다. 장례식장을 떠나면서 은영은 배낭 속에 가지고 다니던 상자를 꺼냈다. 아버지의 은색 철제함이었다. 은영은 잠시 그것을 만지작거렸으나 이윽고 쓰레기통에 쑤셔 넣었다. 검은 양복을 입은 조문객들의 담배꽁초가 그 위에 던져졌.

*

오, 오랜만. 잘 지냈어?

높은 목소리와는 대조적으로 남자는 여전히 검은 소파에

서 굼뜨게 일어섰다. 은영의 얼굴과 몸을 이리저리 살피며 피어싱할 곳을 찾았다. 어지간한 자리엔 이미 장신구가 달려 있어 난감한 표정을 지었다.

타투, 요.

은영이 말하자 남자가 눈을 동그랗게 뜨며 이마에 주름을 만들었다.

잘됐네.

그녀에게 피어싱보다 타투가 어울린다는 말인지, 자신의 실력을 발휘할 기회가 드디어 왔다는 뜻인지 알 수 없었다. 은영은 아무래도 상관없었다.

어디에, 뭐?

미간에, 손요.

남자는 은영의 얼굴을 가만히 바라보았다. 더 정확히는 그녀의 눈을 한참 들여다보았다. 이윽고 남자는 고개를 끄덕이며 말했다.

오케이.

그는 조금 흥분되어 보였다. 양손을 오므렸다 폈다 하는 동작을 몇 번이나 반복했다. 그러고는 깍지를 끼고 이쪽 손목에서 저쪽 손목까지 출렁이며 파도를 탔다. 그 행위를 모두 끝내고서야 멸균 건조기를 열어 시술 장비를 꺼냈다.

마취 크림 바를래?

괜찮아요.

그래. 사실 별 효과도 없어.

남자와 은영은 서로를 쳐다보며 어색하게 웃었다.

은영의 두 눈썹 사이에 조그만 손이 새겨지기 시작했다. 마치 빈디처럼 그 손은, 불행으로부터 그녀를 지켜줄 것 같았다. 은영은 피부를 태우는 타투 염료에서 향냄새가 난다고 생각했다. 그 냄새는 마치 그녀의 지난날을 염(殮)하는 것 같았다. 마취 크림을 바를걸 그랬나, 은영은 생각했다. 없던 손가락이 생겨날 때마다 자꾸 눈물이 났다.

부겐빌레아 속으로

장은 선반에서 유리병을 꺼냈다. 코르크 뚜껑을 열자 라벤더 특유의 풀 냄새가 훅 풍겨왔다. 말린 장미와 카모마일, 레몬밤을 차례차례 면 주머니에 담아 물이 담긴 욕조 깊숙이 그것을 넣었다. 따뜻한 물이 허브의 향기를 배가시켰다.

장은 시작해도 좋다는 뜻으로 상체를 돌려 연희의 가족에게 고개를 끄덕였다. 남편이 연희를 안아 가만히 욕조에 뉘었다. 그 뒤를 딸과 아들이 조용히 따랐다. 남자가 오므린 손으로 물을 떠 그녀의 머리를 적셨다. 은색에 가까운 연희의 머리카락이 젖으면서 짙어졌다. 딸은 연희의 목을 끌어안고 그녀의 뺨에 자신의 뺨을 대었다 떼며 키스했고, 바닥에 무릎을 꿇고 양팔을 욕조에 걸친 아들은 부드러운 눈길로 그 모습을 지켜보았다. 가족은 연희와 함께한 추억들을 하나하나 나누었다. 서로의 기억이 말도 안 되게 달라 종종 작게 웃었다. 그 웃음 뒤엔 언제나 눈물이 매달렸다.

장은 창밖으로 눈을 돌려 앙상한 가지들이 찬바람에도 꼿꼿하게 버티는 모습을 지켜보았다. 병실의 공기 중에는 비애와 고통, 한숨과 안도가 떠다녔다. 그들의 애도는 침착하고 느렸다. 그 가족이 망자를 씻기는 행위를 모두 끝냈을 때, 밖은 이미 어두워져 있었다.

연희는 까다로운 환자였다. 그녀가 처음 병원으로 왔을 때, 곱상한 외모와 달리 행동이 거칠어 간병인과 간호사 모두 맡기를 꺼렸다. 연희는 자기 몸의 링거바늘을 빼버리기 일쑤였고, 간단한 검사라도 받으려면 건장한 보호사 서넛이 매달려야 했다. 그녀는 독한 약물과 섬망 증상으로 자기 자신을 전혀 제어하지 못했다.

간병인이 연희의 기저귀를 갈던 어느 날이었다. 바지를 내리려는 간병인에게 그녀는 도무지 협조를 안 했다. 고무줄로 된 허리춤을 그러쥐고 한사코 놓지 않았다. 간병인은 냄새나는 그것을 처리하고 얼른 퇴근하고 싶었다. 간병인은 바지를 내리고 그녀는 내려진 바지를 다시 올리는 일이 지루하게 반복되었다. 참다못한 간병인이 그녀를 힘으로 제압하자 버티던 그녀가 침대 밑으로 떨어졌다. 간신히 연희의 몸을 지탱하던 가는 뼈들이 여러 조각으로 부서졌다. 모두가 싫다는 환자를 돌본 보람도 없이 문책마저 받게 된 간병인은 사표를 내고 병원을 나가버렸다. 그때부터 장이 거의 떠맡다시피 그녀의 전담이 되었다. 장은, 죽음을 앞둔 환자를 돌보는 호스피스 케어 전문가였다.

장은 연희가 들려주는 이야기를 전혀 이해할 수 없었다. 연희가 말하는 선배가 누구인지, 그곳이 어디인지 알지 못했다. 그 이야기가 사실인지 지어낸 것인지도 어림할 수 없었다. 그녀는 종양이 뇌로 전이된 데다 모르핀에 취하기까지 해 시공간의 혼란을 겪고 있었다. 연희는 연희의 이야기를 했고, 장은 장의 말을 했다. 그래서 둘의 대화는 언제나 선문답 같았다.

장은 죽음을 앞둔 이들이 이런 현상을 겪는 것을 오래 보아왔다. 그래서 말의 내용이 아니라 그들 곁에 있어주는 것이 더 중요한 일임을 잘 알고 있었다. 장은 부겐빌레아가 만개한 그 도시의 이야기를 듣고 또 들었지만, 언제나 처음인 양 귀를 기울였다. 필요하면 중간에 추임새도 넣었다. 덕분에 행패에 가까웠던 행동이 많이 줄어들고 그녀는 점차 안정을 찾아갔다. 연희는 죽는 순간까지 장을 신뢰했다.

―장, 내 손을 잡아요. 발밑을 조심하고요.
―험한 길이군요.

연희는 공항에 도착하자마자 바로 2층으로 걸음을 옮겼다. 그런데 국제선으로 가는 계단 입구에 서 있는 한 남자가 그녀의 시선을 끌었다. 그는 '우리 아이도 데려가 주세요'라는 팻말을 목에 걸고 있었다. 호기심이 생긴 연희는 남자 가까이 다가갔다. 마흔 후반쯤 되어 보이는 남자는 흰 도자기 함을 안고 있었는데, 연희가 다가오자 들고 있던 함을 내밀며 그녀가 보기 쉽게 살짝 앞으로 기울였다. 연희가 목을 빼고 그 안을 들여다보았다. 함에는 조그만 비닐백이 가득 들어 있었다. 액세서리나 전자제품의 작은 부품 등을 넣을 때 쓰는 지퍼백이었다. 그것은 하얀 가루로 채워져 있었다. 양손으로 항아리를 안고 있느라 손이 부족한 남자가 눈짓으로 함 안을 가리키며 자기 아들이라고 말했다. 그제야 연희는 그 도자기가 유골함이라는 것을 알아차렸다.

남자의 아들은 전 세계를 돌아다니며 지구의 구석구석을 구경하는 것이 꿈이었다고 했다. 먼 훗날 이룰 그 꿈을 모두가 응원했지만 아들이 열일곱의 나이로 죽을 수도 있다는 것은 예상하지 못했다. 그래서 남자는 그 자리에 서서 해외로 나가는 사람들에게 자신의 아이도 데려가줄 수 있는지 묻고 있었다. 그곳이 어디든 상관없었다. 연희는 손을 뻗어 봉지 하나를 집었다. 남자의 눈에 물기가 어렸다.

연희는 숙소 발코니의 등나무 의자에 앉아 멀리 산을 바라보았다. 나지막한 집들 사이로 우뚝 솟은 산은 어느 방향에서도 그 자리에 있었다. 도시의 가장 중앙에 떡하니 버티고 선 산은 신성한 기운마저 느껴졌다. 주민들이 그 산을 홀리 마운틴이라고 부른 이유를 알 것 같았다.

해가 지기 시작하자 산 정상의 황금 탑이 빛을 발하며 존재를 드러냈다. 연희는 흰색 자수 원피스와 샌들 차림으로 숙소를 나섰다. 산은 웅장해 보이던 모습과 달리 높이가 100미터밖에 되지 않는 작고 아담한 언덕 같은 산이었다. 아름다운 일몰을 가장 가까이서 볼 수 있는 곳으로도 유명했다. 연희는 천천히 산을 올랐다. 유명한 관광지답게 줄지은 노점에서 나온 상인들이 호객을 했다. 꽃을 파는 가게를 지나고 기념품을 파는 가게까지 지나쳐 새를 파는 여자 앞에 멈추어 섰다. 한쪽에 매듭을 묶은 천 포대기로 아기를 안은 여자가 새장을 쥔 손목을 위아래로 까딱였다. 아주 작은 새장이었고 당연히 새는 더 작았다. 연희가 돈을 내밀었다.

한 발 한 발 산을 오를 때마다 나무에 가려졌던 하늘이 조금씩 드러났다. 발아래에는 숲으로 둘러싸인 마을의 주황색 지붕들이 늘어섰다. 그 지붕들 사이로 그윽하게 강이 흘렀다. 정상에 도착했을 때는 이미 석양을 보려는 사람들로 발 디딜 틈이 없을 정도였다. 쭈뼛거리며 서성이는 연희를 발견한 금발여자 하나가 엉덩이를 조금 들여 앉으며 자리를 만들어주었다. 연희는 빼곡하게 앉아 있는 사람들 틈에 끼어 앉아 하늘을 올려다보았다.

하늘이 조금씩 자몽색으로 번져갔다. 변주에 변주를 거듭하던 하늘이 색의 향연을 끝내자 사람들이 일제히 박수를 쳤다. 그리고 양옆의 사람을 번갈아 껴안으며 인사를 했다. 조금 전 연희에게 자리를 내어준 금발이 명랑하게 말했다. 해피 뉴 이어!

사람들이 모두 돌아간 산에는 짙은 어둠이 내렸다. 아랫마을의 불빛만이 희미하게 어른거렸다. 연희는 원피스 주머니에 손을 넣었다. 얄팍한 두께의 매끄러운 비닐의 감촉을 느끼며 한동안 만지작거렸다.

이윽고 연희는 주머니에서 비닐백을 꺼냈다. 지퍼 입구를 열어 새장 안으로 그것을 뿌렸다. 빗장을 열자 새는 기다렸다는 듯이 잽싸게 허공으로 날아올랐다. 새가 날갯짓을 할 때마다 열일곱 소년의 뼛가루가 후두둑 날리었다. 소년의 몸이 도시 여기저기에 가 닿았다.

연희가 남자의 부탁에 마음이 흔들린 건, 아들이 열일곱 살이기 때문이었다. 아들의 나이를 듣는 순간, 연희는 자신의 열일곱을 떠올렸다. 그리고 선배를 생각했다. 일단 선배가 생각나자 잊고 있던 고등학교의 일들이 줄줄이 기억나기 시작했다.

연희는 막 고등학교에 입학해서 중학교와 다른 분위기에 적응하는 중이었다. 그녀의 학교는 사립 여자 고등학교로, 공학이 대세이던 시절에도 엘리트 여고의 자부심을 유지했다. 반이 정해지고 얼마 후 담임은 아이들과 차례로 면담을 시작했다. 학생을 더 잘 알고 친해지기 위해서라고 했다. 담임은 낯빛이 어둡고 눈 사이가 유난히 가까웠다. 부모님이 무슨 일을 하시나? 직접적으로 묻지 않고 굉장히 에둘러서 알아듣기 어렵게 질문했지만, 담임이 묻고 싶은 건 결국 그것이었다. 즉석 가공업요. 즉석 가공업? 그가 눈을 반짝이며 되물었다.

연희의 부모는 농산물시장 안 상가 구역에서 함께 일했다. 새벽 세 시 반이면 공장 문을 열고 탈피된 마늘의 분류작업을 시작했다. 품질이 좋은 마늘은 알 마늘로 팔고, 질이 나쁜 마늘은 썩은 부위를 파내고 갈아서 식자재마트에 넘겼다. 그들에게선 늘 땀과 마늘이 섞인 독특한 냄새가 났다. 그 냄새의 대부분이 비싼 사립학교의 등록금으로 쓰였지만 그곳과 어울리지는 않았다.

연희가 이야기를 이어가는 동안 담임의 한쪽 눈동자가 조금씩 안으로 말리는 것이 보였다. 연희는 연희대로 눈꺼풀이 자꾸만 바르르 떨려왔다. 초등학교 저학년 때 틱 판정을 받은 이후 처음이었다. 둘은 여간해선 분간하기 힘든 서로의 변화를 알아차렸다. 그리고 서로가 알아차렸다는 것을 또 알아차렸다.

담임은 같은 학교 미술선생과 부부였다. 부부 사이가 좋지 않다는 소문이 교내에 파다했다. 그는 수업 진도를 나가기 전에 자주 시 낭송을 시켰는데, 그날은 부부싸움을 한 거라고 학생들이 수군댔다. 그러나 문제는, 언젠가부터 그 낭송자가 늘 연희라는 사실이었다. 연희는 낭송자로 지목될 때마다 조금씩 틱이 심해졌다. 모두의 시선을 받는 것도 싫었고 담임의 눈을 바라보는 것도 불편했다. 그날의 시는 백석의 「여승」이었다. **여승은 합장하고 절을 했다. 가지취의 내음새가 났다. 쓸쓸한 것이 옛날같이 늙었다. 나는 불경처럼**

서러워졌다. 읽을수록 연희의 턱이 표나게 드러났다. 처음엔 눈이 떨리다가 찡긋찡긋했다. 낭송 중간에 저도 모르게 음음 같은 의미 없는 소리를 내었다. 연희는 간절한 눈빛으로 담임을 쳐다보았다. 그의 눈동자가 안쪽으로 살짝 말려 있었다. 선생은 턱을 짧게 톡 치켜올리며 계속 읽으라는 시늉을 했다. 연희의 코가 킁킁거렸고 인중이 길게 늘어났다. 몸의 근육들이 제멋대로 움찔거렸다. 반 아이들이 고개를 들어 연희와 선생을 번갈아보았다. 담임이 손바닥으로 탁자를 소리나게 탁 내리쳤다. 사춘기를 막 지나온 여학생들이 다시 고개를 숙였다. **산꿩도 섧게 울은 슬픈 날이 있었다. 산절의 마당귀에 여인의 머리오리가 눈물방울과 같이 떨어진 날이 있었다.** 마지막 행을 읽었을 때 연희의 교복 셔츠는 땀으로 축축했다. 그녀는 길게 한숨을 내쉬고 담임을 보았다. 그의 눈동자가 다시 제자리로 돌아와 있었다. 담임의 기분은 처음보다 한결 나아 보였다. 연희는 담임의 결혼생활이 행복하기를, 누구보다 간절히 바라게 되었다. 시 낭송 사건은 아이들의 입과 입을 통해 빠르게 퍼졌다. 연희는 담임의 비열한 눈빛과 친구들의 연민의 눈빛 중 무엇이 더 싫은지 고를 수 없었다.

　겨울방학이 끝나갈 무렵, 학교는 대대적인 입시 준비에

들어갔다. 명문대에 입학한 선배에게 입시 성공의 비결을 묻는 행사도 열었다. 교장을 비롯한 다수의 선생과 전교생이 참석하는 행사였다. 연희는 그때 선배를 처음 보았다.

선배는 면접의 영향력이 커졌다고 이야기했다. 일방적인 설명만으로는 한계가 있다고 생각했는지 직접 면접관과 면접생이 되어보자고 제안했다. 예상 질문에 대한 답변을 준비하고 연습하는 것이 중요하다며, 면접을 중심으로 지원전략을 짜서 합격 가능성을 높이자고 협조를 부탁했지만 아무도 나서지 않았다. 선배는 포기하지 않았다. 단상에서 내려와 앉아 있는 학생들에게로 성큼성큼 걸어왔다. 방청석의 아이들은 누가 먼저랄 것도 없이 고개를 숙였다. 모두 자신이 아니길 바랐지만 연희만큼 절실히는 아니었다. 발목 부근에 별이 그려진 선배의 회색 운동화가 연희 쪽으로 다가오고 있었다. 제발. 연희는 그 발걸음이 자신을 지나쳐 계속 나아가길 기도했다. 그러나 선배는 연희의 어설픈 삼선 슬리퍼 앞에서 걸음을 멈추고 더는 움직이지 않았다. 정적이 흘렀다. 연희는 보지 않아도 사람들의 시선이 느껴졌다. 하는 수 없이 자리에서 일어났다. 짧은 보브 스타일을 한 큰 키의 선배가 생글거리며 연희를 보고 있었다. 연희가 까치발을 하고 선배 귀에 바짝 입을 갖다댔다. 그녀에게서 연한 나무 향기가 났다. 저는 턱이 있어요. 그렇게 말하고 연희가 다시 앉으려는데 선배가 무릎을 살짝 굽히며 대답했다. 나는 안경을 썼어. 둘의 시선이 허공에서 마주쳤다. 선배는 여전히 웃고 있었고, 입술을 빠져나온 입김이 하얗게 퍼졌다.

선배를 다시 만난 건 첫 미팅에서였다. 연희는 과대의 성화에 못 이겨 나간 미팅에서 선배를 만나리라곤 상상도 못했다. 미팅은 당연히 이성끼리의 만남이라 생각했던 연희는 여대끼리도 미팅을 한다는 것을 그때 알았다. 자신의 맞은편에 앉은 선배는 여전히 웃고 있었지만 그녀를 기억하지는 못했다. 둘은 급속도로 가까워졌다. 그때 그 후배가 자신이었다고 말하자 선배는 연희의 표정을 기억하곤 배를 잡고 웃었다. 선배는 연희를 유난히 아꼈다. 단지 후배이기 때문은 아니었다. 그들은 자주 만났고 곧잘 여행을 떠났다. 연희가 소년의 유해를 뿌린 곳은, 그들이 벼르고 별러 떠난 첫 해외 여행지였다.

연희와 선배는 잔뜩 기대하고 산을 올랐지만 일몰을 보지는 못했다. 대신 도시의 반 이상을 가린 안개는 원 없이 보았다. 나쁘지 않았다. 그들은 꼭 다시 와서 그 아름답다는 일몰을 보자고 약속했다. 그 약속은 지켜지지 않았다.

─장, 저 꽃들 좀 보세요. 부겐빌레아예요.
─봄부터 가을까지 무한꽃차례를 이루는 예쁜 꽃이죠.

작은 도시는 온통 꽃세상이었다. 거리에도, 사원에도, 골목에도, 그들이 머무는 게스트하우스까지 거대한 열대 식물들이 가지마다 오지지 꽃을 매달고 있었다. 어디를 가도 꽃의 천장 아래를 걷는 기분이었다. 멀쩡하던 하늘에서 갑자기 비가 내릴 때도 그들 머리 위에 떨어지는 건 비가 아니라 꽃이었다. 연희와 선배는 늦도록 거리에 있었다. 태양 빛이 붉은 기운을 퍼뜨리는 하늘을 배경으로 천천히 자전거 바퀴를 굴렸다. 꽃향기가 실린 강바람이 그들을 흔들었다.

거의 매일 비를 만났고 그들은 비를 맞으며 돌아다녔다. 땀과 비에 젖은 옷은 살갗에 척척 들러붙어서 숙소로 돌아오면 신발도 벗기 전에 옷부터 벗느라 바빴다. 정신을 차려보면 알몸으로 서 있는 서로가 웃겨 또 한바탕 소동이 일었다. 연희가 선배의 가슴을 가리키며 엄지를 아래로 쭉 내리고 고개를 저었다. 선배가 샤워기를 연희에게 돌려 물줄기를 쏘았다. 서로의 몸이 엉키고 물벼락을 맞으며 그들은 깔깔댔다.

침대에 함께 눕는 일은 머쓱했다. 조금 전 발가벗기까지 했음에도 어쩐지 좀 달랐다. 침대는 컸지만 둘은 약속이나

한 듯 양쪽 가장자리에 매달리듯 누웠다. 몸이 닿지 않도록 극도로 조심했다. 피곤했는데 잠이 오지 않았다. 연희도 선배도 오래 뒤척였다. 내리는 빗소리를 가만히 듣다가 연희는 저도 모르게 까무룩 잠이 들었다.

얼마나 잤을까. 연희는 보드라운 손길에 잠을 깼다. 그 손은 얌전하고 다정하게 자신의 손을 어루만졌다. 미끄러지듯 손가락을 매만졌고 손끝을 쓰다듬었다. 연희도 손을 뻗어 자신의 손을 선배 손가락 사이사이에 하나씩 끼워 넣었다. 선배의 시선이 연희의 손에서 눈으로 옮겨왔다. 둘은 서로를 바라보았다. 선배가 깍지 낀 손에 가만히 힘을 주었다. 그들은 서로의 보드랍고 연한 살을 손안 가득 느꼈다.

마음은 손에서 몸으로 나아갔다. 그렇게 서로를 점령했다. 창밖으로 투두둑, 무언가가 끊임없이 떨어져 내렸다. 그것이 빗방울인지 꽃송인지 알 수 없었지만, 자신들 안에서 무너져 내리는 것이 무엇인지는 알 것 같았다.

―장, 사라지는 꿈을 꾸었던 걸까요?
―어떤 꿈은 현실보다 가혹하죠.

선배의 지도교수가 연희와의 관계를 알게 된 것은 그들이 여행을 다녀오고 1년쯤 지나서였다. 교수의 연구 작업을 돕던 선배가 커피를 사러 잠시 외출했을 때였다. 휴대폰 배터리가 간당했던 교수는 급한 내로 선배의 노트북과 선을 연결했다. 그때 선배의 메신저 채팅 화면이 열리면서 연희의 메시지가 날아들었다. 비가 내리고 있었고 무엇보다 더운 날이었다. 연희는 서로의 마음을 확인한 그날이 생각났다. 선배, 그때 기억나? 연희의 문장은 은밀하고 과감했다. 연달아 사진을 올렸다. 그 모든 것을 봐버린 교수는 선배가 양손에 커피를 들고 나타났을 때, 이미 그녀가 알던 사람이 아니었다.

어때, 흥분돼? 교수는 자기 신체를 찍은 사진을 선배에게 보냈다. 아니지, 나는 남자라 안 되나? 지적이고 젠틀한 모습은 찾아볼 수 없었다. 선배를 향한 교수의 괴롭힘은 고집스럽고 끈질겼다. 견디다 못한 선배는 그 사실을 공론화했다. 많은 이가 분노했고 네티즌들은 어렵지 않게 교수의 신상을 알아냈다. 여론이 형성되고 수사가 시작되려는 찰나, 교수가 실종됐다는 신고가 접수되었다. 교수의 생사에 대한 우려가 생겨나며 동정론이 일었다. 사건은, 논문탈락에 앙심을 품은 선배의 복수극이 되어가고 있었다.

연희와 선배가 뭔가 다르다는 느낌을 받은 사람들은 둘이 무슨 관계냐고 종종 묻곤 했다. 선배가 얼굴 가득 미소를 띠며 대답을 하려 할 때마다 연희가 재빠르게 끼어들었다. 선후배 사이예요. 선배는 웃음기를 거두고 말간 얼굴로 연희를 돌아보았다. 연희가 쐐기를 박듯 덧붙였다. 그냥, 선후배요.

선배는 제대로 된 진상을 알리기 위해 동분서주했다. 교수의 행방은 여전히 묘연했다. 그 와중에도 연희의 존재가 노출되는 것은 최선을 다해 막았다. 선배는 연희가 전면에 나서는 것을 싫어했고 연희는 그 뜻을 따랐다. 그래서 그 둘의 사이를 정확하게 아는 이는 가까운 한둘밖에 없었다. 그랬기 때문에 교수의 딸이라는 여자가 자신을 찾아왔을 때 연희는 꽤 놀랐다. 여자는 이쯤에서 그만 멈춰달라고 했다. 연희는 그 부탁을 왜 선배가 아닌 자신에게 하느냐고 물었다. 교수의 딸이 숙였던 고개를 천천히 들며 연희의 눈을 똑바로 쳐다보며 말했다. 우리는 같은 입장 아닌가? 당신, 부끄럽잖아.

연희는 선배를 떠났다. 남겨진 선배는 자신의 투쟁이 무엇을 위한 것인지 알 수 없었다. 선배는 무기력해졌고 사건은 흐지부지되었다. 교수는 제 발로 모습을 드러내었다. 경찰이 수사를 중단했다. 교수는 정년이 될 때까지 강단에서 학생들을 가르쳤고, 학교로부터 공로상을 받으며 퇴임했다.

선배의 부고를 전한 것은 L이었다. L은 선배와 연희 사이를 아는 몇 안 되는 이들 중 하나였다. L이 찾아왔을 때 연희는 한창 돌잔치에 초대할 손님 명부를 작성하고 있었다. 처음이라 모든 게 낯설었다. 미간에 주름을 지어가며 빠뜨린 사람은 없는지 집중하고 있을 때 초인종이 울렸다. 웨인스코팅으로 몰딩된 흰색 현관에 몸을 기댄 L이 팔을 뻗어 손에 든 하이힐을 내밀었다. 너 주래. L이 손을 떠는 바람에 구두가 자꾸 한들거렸다.

그날 선배와 L은 용무를 마치고 돌아오는 중이었다. 평일 낮 열차에는 승객이 거의 없어서 둘은 각자 의자 하나를 차지하고 마주 앉았다. 선배는 신을 벗고 발을 올려 양반다리를 했다. 옆에 벗어둔 재킷을 끌어와 다리를 덮었다. L은 발이 빠져나간 선배의 구두를 보았다. 앞코가 길고 굽이 가는 하이힐이었다. 시그니처인 버클 토퍼가 깔끔하고 세련된 한기시 블루였다. 구두가 예쁘다는 L의 말에 선배가 감았던 눈을 떴다. 연희나 줘야겠어.

L은 잘못 들은 줄 알았다. 연희가 떠나서 가장 우스워진 건 선배였다. 그들 무리에서 연희의 이름은 지금까지도 금기시되어왔다. 그런데 그 이름을, 그 이후로 단 한 번도 입에 올린 적 없던 선배가 꺼낸 것이다. 당황한 것은 오히려 L이었다. 그러나 L의 혼란에는 아랑곳없이 선배는 다시 눈을 감았다. 그리고 규칙적인 숨소리를 내며 잠이 들었다. L은 어

깨를 으쓱하고 열차에 비치된 잡지를 꺼내 펼쳤다.

시간이 얼마쯤 지났을까. 선배가 슬그머니 자리에서 일어났다. L은 읽던 잡지를 덮고 선배를 보았다. 선배는 자신을 지나쳐 맨발로 통로를 걸어갔다. L은 잠이 덜 깬 선배가 신도 신지 않고 화장실을 가는 게 우스워 휴대폰 카메라를 열었다. 그녀의 뒤를 키득대며 따라가 동영상을 찍었다. 그런데 선배는 화장실을 그대로 지나쳐 마침 정차 중이던 열차에서 사뿐히 내렸다. L은 이게 무슨 상황인지 퍼뜩 파악이 되지 않았다. 열차에서 내린 선배는 뒤돌아 L에게 손을 흔들었다. 그리고 기차가 출발하자, 고속 열차의 바퀴 속으로 웃으며 사라졌다. 그 모든 것이 L의 카메라에 고스란히 담겼다.

L이 돌아간 뒤 연희는 다시 돌잔치 준비에 몰두했다. 아이의 이름을 감각적으로 레터링하는 업체를 찾아 수건과 핸드워시가 세트로 구성된 것을 답례품으로 결정했다. 디자인도 디자인이지만 패키지 포장을 광목 보자기로 감싼 것이 정성스러워서 마음이 갔다. 견적을 확인하고 주문서를 넣은 뒤에는 곧장 돌잔치 행사장에 들러 주차시설과 디저트 종류를 체크했다. 아이 생일 하나 치르는데 할 일이 너무 많았다.

연희가 선배의 장례식장에 나타나자 그녀를 알아본 사람 몇몇이 수군거렸다. 연희는 조문을 마치고 나와 밥을 먹는 L

을 발견하고 곁으로 갔다. 연희가 앉자 L이 손을 들어 직원에게 추가 식사를 요청했다. 연희는 소고기뭇국에 밥을 말아 먹으며 테이블의 사람들 대화에 간간이 끼었다, 음식이 괜찮다거나 화환이 많다는 등 일반적인 얘기였다. 식사를 마친 연희가 티슈를 뽑아 야무지게 입가를 닦고 일어섰다. 그녀가 돌아간 뒤 L은, 왠지 조금 억울한 기분이 들었다.

—장, 아이들은 누구에게도 혼나지 않았어요.
—존재만으로도 소중하니까요.

연희는 강줄기를 따라 느릿느릿 걸었다. 4,000킬로미터가 넘는 강은 산허리를 휘감고 도시 전체를 가로지르며 흘렀다. 연희는 강이 바로 보이는 카페로 들어갔다. 주문한 커피를 받아 들고 밖이 잘 보이는 자리에 앉았다. 강에는 꽤 많은 사람이 있었다. 배를 기다리는 사람, 보트를 청소하는 사람, 물고기를 잡는 사람들로 부산했다. 그중에서도 물놀이하는 아이들이 제일 먼저 눈에 들어왔다. 한 무리의 아이들이 놀고 있었는데 유독 두 명이 눈에 띄었다. 단짝임에 분명한 두 여자아이는 그룹에서 조금 떨어져 놀았다. 예닐곱 살쯤 되었을까. 빼빼 마른 둘은 하나가 물에 뛰어들면 나머지 하나도 따라 들어가 물속에서 놀고, 하나가 나오면 또 남은 하나도 밖으로 나와 흙장난을 했다. 뭘 해도 재밌고 신나 보였다.

한 녀석이 제법 높은 나무 위로 올라가 호기롭게 공중회전을 하고는 강으로 다이빙했다. 남은 아이가 뒤를 따랐다. 먼저 물에 뛰어든 아이가 수면 위로 올라왔다. 그런데 기다려도 친구가 나타나질 않았다. 아이의 얼굴이 하얗게 질릴 때쯤 뒤따라 들어간 녀석이 울면서 물 밖으로 나왔다. 아이는 놀라서 달려갔다. 나무에서 뛰어내릴 때 몸이 가지에 긁힌 모양이었다. 상처에서 피가 났다. 그러나 아픈 것보다 잘 해내지 못한 게 더 속상한 것 같았다. 아이는 우는 녀석의 머리를 흩트리듯 쓰다듬더니 괜찮다는 듯 가볍게 볼을 두어 번 두드렸다. 그러고는 바닥에서 날카로운 돌멩이 하나를 주워 들고 자신의 가슴께를 콕 찔렀다. 앙증맞은 피가 송글 맺혔다. 아이는 울고 있는 친구의 몸에 살며시 자기 몸을 포갰다. 그들의 피가 두 몸 사이에서 만났다.

그때 어디선가 아이들을 부르는 여자의 목소리가 들렸다. 아이의 엄마로 보이는, 헐렁한 원색 원피스를 입은 여자가 빨대 꽂힌 코코넛을 들고 그들을 보고 있었다. 언제부터 거기 있었을까. 연희는 이제 큰일 났다고 생각했다. 자기 몸에 상처를 내는 것도 모자라, 뭐 하는 짓이냐고 불호령이 떨어질 게 분명했다. 엄마의 등장에 아이들도 멈칫하며 꼭 붙였던 몸을 떼었다. 여자는 가까이 다가가 아이들의 몸 여기저기를 살폈다. 그리고 그들 몸에 난 상처를 보더니 곧 호탕한 웃음을 터뜨렸다. 아이들도 긴장을 풀고 여자를 따라 웃었다. 다시 서로가 서로를 보며 웃기 시작했고 급기야 그들은 배를 부여잡고 허리를 꺾으면서도 웃음에서 헤어 나오지 못했다. 그들의 발밑으로 윤슬이 반짝였다.

연희의 결혼생활은 평범했다. 남편의 크고 작은 여자 문제는 특별히 불행하게 여겨지지 않았다. 연희는 남편에게 바라는 것이 없었고 그래서 아프지도 않았다. 연년생으로 아이가 생겼고 두 아이를 먹이고 씻기고 가르치는 일만으로도 시간은 정신없이 지나갔다. 아니 정신없이 그 일만 했다. 연희는 마치 그러려고 사는 사람 같았다.

연희의 증상이 처음 발병한 것은 가족들이 그녀 몰래 리마인드 웨딩을 준비했을 때였다. 그것은 딸의 기획 아래 진행되었고, 연희 부부의 결혼 25주년을 기념하는 행사였다. 연희는 영문도 모르고 딸을 따라간 스튜디오에서 다른 가족들의 사진을 발견하고서야 눈치를 챘다. 남편과 아들은 벌써 검은 턱시도 차림으로 연희를 기다리고 있었다.

연희와 딸은 직원의 안내를 받아 드레스룸으로 갔다. 딸이 연희와 커플로 골라놓은 옷은 붉은 실크 드레스였다. 가슴이 깊게 파인 홀터넥 드레스였는데, 오십 중반의 연희는 조금 민망했다. 그러나 연신 손으로 드레스 자락을 쓸어내리며 감탄하는 딸아이에게 미소를 지어 보였다. 막상 입으니 사르르 떨어지는 천의 감촉이 나쁘지 않았다.

직원은 드레스로 갈아입은 그들을 다른 방으로 데려갔다. 딸은 콧노래를 부르며 연희의 팔짱을 꼈다. 그들이 도착한 곳은 사방이 붙박이로 된 신발장 앞이었다. 그것은 금빛 자수가 놓인 하늘하늘한 천에 가려져 있었다. 직원이 기대해도 좋다는 눈빛으로 박력 있게 착, 커튼을 걷었다.

하이힐이 사방 벽면을 가득 채우고 있었다. 펌프스 힐부터 통굽 웨지까지 하이힐들의 향연이었다. 크리스털과 가죽, 벨벳에 이르는 소재도 각양각색이었다. 딸아이는 환호했고 연희는 비틀거렸다. 연희의 낯빛은 애처로울 정도였다. 엄마! 딸이 쓰러지는 그녀를 가까스로 부축했다. 그때였다. 연희의 눈꺼풀이 사정없이 떨리기 시작했다.

딸이 아빠를 불렀다. 다른 직원들도 뛰어왔다. 연희는 눈을 까뒤집고 입으로 거품을 뿜었다. 처음 보는 엄마의 모습에 딸은 결국 울음을 터뜨렸다. 당겨 올라간 입꼬리를 간신히 움직이며 연희가 뭐라고 소리쳤다. 그것은 인간의 음성

같지 않았다. 남편이 연희를 안았지만 그녀의 고개가 한쪽으로 돌아가며 뻣뻣해지는 것을 막을 수는 없었다. 모두가 우왕좌왕하는 가운데 갑자기 연희는 거짓말처럼 잠이 들었다. 그리고 그녀를 안고 있는 남편의 턱시도에 따스한 얼룩이 번져갔다.

연희의 뇌에서 커다란 혈관 기형이 발견되었다. 그것은 커다란 나무가 뿌리를 내린 것처럼 척추동맥까지 파급되어 있었다. 가족들은 안도했다. 연희가 미친 게 아니라 병에 걸렸다는 것이 위안이 되었다.

—장, 이제 제 손을 놓아요. 여기부턴 혼자 가야 해요.

연희는 열대 식물이 차양 위로 꽃을 잔뜩 늘어뜨린 카페 야외 테이블에 앉았다. 커피와 팬케이크가 놓인 탁자에 무심한 꽃 한 송이가 떨어졌다. 연희는 이른 아침을 먹으며 맞은편의 사원을 바라보았다. 커다란 부겐빌레아 나무가 있는 사원이었다. 굵은 나무 기둥이 수많은 줄기와 가지를 뻗어 사원의 마당 대부분을 나무가 차지하고 있었다. 그 모습이 너무 웅대해서 마치 부겐빌레아를 섬기는 사원 같았다.

연희는 탁발을 끝낸 승려들이 줄지어 사원 안으로 들어가는 모습을 물끄러미 지켜보았다. 그들의 다홍색 승복이 주렁주렁 매달린 꽃들과 맞닿아서 흡사 커다란 꽃 덩어리처럼 보였다. 선배는 이 광경을 좋아했다. 승려들이 따뜻한 찰밥으로 가득한 바구니를 들고 부겐빌레아가 만개한 사원 안으로 사라지는 행렬을 멍하니 바라보았다. 그들이 모두 사라지면 사원의 날렵한 처마 위로 분홍빛 동이 텄다. 그것이 연희가 특별한 것 없는 이 카페에서 매일 새벽을 보내는 이유였다.

연희는 사랑하는 사람을 잃는 것은 커다란 나무 하나를 제 안에 들이는 일임을, 선배가 죽고 나서 알게 되었다. 있는 줄도 모르고 잊고 있던 나무가 아무 때라도 밑동을 꿈틀거리며 되살아난다는 것을 깨달았다. 안개가 자욱한 산길을 지날 때, 무심코 올려다본 하늘에 석양이 질 때, 바람이 불거나 비가 올 때도 나무는 제멋대로 꽃을 피웠다. 그 꽃은 무던히도 피어나 연희의 몸 안에서 터질 듯 만개했다. 그러고는 일순간에 모가지를 부러뜨리며 떨어졌다. 꽃이 진 자리마다 선배가 맺혔다. 그렇게 연희는, 아무도 모르게 선배의 사원이 되어갔다.

연희의 목구멍 깊은 곳에서 거칠고 듣기 거북한 소리가 올라왔다. 피부가 어둡게 변하더니 차가워지면서 축축해졌다. 연희의 체온이 들쑥날쑥했다. 동공의 흰자가 조금씩 눈을 덮기 시작했다. 마침내 그녀의 손이 침대 위로 힘없이 툭 떨어졌다.

목욕 의식을 끝낸 가족은 연희에게 마지막 인사를 건넸다. 죽은 연희는 그녀를 둘러싼 꽃장식과 잘 어울렸다. 남편은 장에게 그녀가 훌륭한 엄마였다고 말했다. 그리고 참으로 정숙한 여자였다는 말도 덧붙였다. 언제나처럼 장은, 조용히 고개를 끄덕였다.

엄마의 진심

옥수수밭의 움직임이 심상치 않다. 다 여문 옥수수를 흔드는 것이 바람만은 아니다. 짙은 어둠, 덥고 습한 공기, 호랑지빠귀의 울음 속에 나 말고 여기 누군가 있다. 나는 천천히 귀에서 이어폰을 뺐다. 숨을 죽이고 밭을 노려보았다. 키 큰 옥수수 사이를 가르며 서서히 다가오는 무엇인가가 보였다. 움직임은 더디고 굼떴지만 나를 향해 오고 있다는 것은 분명했다. 그것에 시선을 고정한 채 나는 무릎을 살짝 구부려 바닥을 더듬었다. 굵은 나뭇가지 하나가 손끝에 만져졌다. 그것을 단단히 움켜쥐고 허리를 곧추세웠다.

잠시 후, 가늘고 파리한 양손이 옥수수 밑동 사이로 드러났다. 고양이처럼 동그랗게 만 등을 느릿느릿 펴며 몸을 일으키는 그것은, 머리를 산발한 늙은 여자였다. 그녀의 허연 지마저고리가 달빛을 빨아들였다. 내 등에서 한 줄기의 땀이 수직으로 떨어졌다. 얼굴을 자세히 보려고 조심스레 목을 빼는데 홱, 여자가 내 손목을 낚아챘다. 나는 아마 선 채로 기절했던 것 같다.

처자가 이 시간에 여서 뭐하는 기라?

옥수수 가득한 망태기를 크로스로 메고 여자가 말했다. 임고댁이었다. 나는 그게 무슨 신호라도 되는 양 울음을 터뜨렸다. 오랜 도시 생활로 이곳의 밤이 어떤지 잠시 잊고 있었다. 집을 나서고서야 시골의 밤은 내가 살던 곳과 다르다는 것이 기억났다. 벽지(僻地)의 밤은 말 그대로 칠흑 같은 어둠의 현현이자 간곡한 검정의 세상이었다. 돌아갈까, 잠깐 고민했지만 공원이 멀지 않다는 것을 떠올리고 빠른 걸음으로 옥수수밭을 지나는 중이었다.

내가 다리를 내놔라 캤나, 간을 빼 먹었나. 야가 와 이라노?

임고댁은 자신의 출몰로 서럽게 우는 내가 당황스러운지 어설픈 농담을 던졌다. 아닌 게 아니라 그녀의 모습은 〈전설의 고향 납량 특집〉에서 막 튀어나온 것 같았다. 이곳으로 이사 와 다시 만난 임고댁은 내가 기억하던 모습과 많이 달랐다. 그녀는 동네의 악명 높은 빌런이 되어 있었다. 한밤, 남의 밭 옥수수로 넘치도록 바구니를 채운 모습은 그녀가 왜 빌런인지를 증명하고 있었다. 임고댁이 관광객을 상대로 다이소 못지않은 다양한 품목으로 장사를 하는 것도 같은 맥락이었다.

모아둔 돈을 몽땅 털어 내가 이 동네의 카페를 샀을 때, 주위 모두가 부정적이었다. 정확하게 말하면, 그때는 카페가 아니고 폐가였다. 회사에서는 내가 그만 나가주었으면 하는 눈치였고, 나에게도 회사는 악착같이 붙어 있을 만큼 매력적인 곳이 아니었다. 그리고 무엇보다 나는 엄마를 떠나고 싶었다. 그러나 학교를 졸업하고 지금까지, 누구보다 성실하게 일했음에도 불구하고 도시에 집을 얻는 건 쉽지 않았다. 그러던 와중에 불현듯, 어릴 때 살던 여기가 생각났다. 일곱 살에 떠났으니 유아기를 제외하면 이곳의 기억은 고작 1, 2년에 불과했다. 하지만 일단 떠오른 뒤로는 돌연 그립기까지 했다.

집은 흡사 밭 한가운데에 버려진 듯 보였다. 인테리어 같은 건 꿈도 못 꾸고 우선 생활이 가능하도록 손을 보는 것이 시급했다. 물이 나오고 전기가 들어오는 데도 한참 걸렸다.

인터넷이 개통되었을 때는 전쟁을 끝낸 기분이었다. 가구와 집기들을 구한다는 사연을, 제법 호소력 있는 문장으로 온라인에 올렸다. 덕분에 맘카페나 중고장터에서 공짜나 다름없는 가격에 물건을 살 수 있었다. 물건을 직접 집으로 가져다주는 친절한 이들이 가끔 있었는데, 그들에게 커피를 대접한 것이 카페를 연 계기가 되었다.

커피는 당시 내가 유일하게 누리는 사치였다. 질 좋은 원두를 사 와서 직접 로스팅하고 내렸다. 머신이 없었으므로 선택의 여지가 없었다. 집에 온 사람들에게 대접할 건 커피뿐이었고, 그들은 내가 하는 일련의 과정을 찍어 자신의 SNS에 포스팅했다. 그런 일이 몇 번 거듭되자 어느 날인가부터 사람들이 찾아오기 시작했다. 내 집이 '밭 한가운데 있는 핸드드립 전문 카페'로 소문이 난 것이다. 처음엔 다소 황당했지만 먹고살 일이 막막했던 나는 잘됐다 싶었다. 생뚱맞은 위치에, 다 쓰러져가는 집을 사람들은 재밌어했다. 돈이 모자라 손대지 못한 내부를 손님들은 카페 컨셉으로 받아들였다.

나는 선착순으로 하루에 딱 열 팀만 받는다는 공지를 소셜서비스에 올렸다. 마케팅 효과를 노린 건 아니었다. 내가 쓸 수 있는 최소한의 에너지로 내가 생활할 수 있는 최저의 돈을 계산한 것이었다. 오후가 넘자마자 일이 끝나기도 했고 자정이 다 되어도 팀을 못 채울 때도 있었다. 그래도 이 원칙을 고수했다. 가난할지언정 피곤하고 싶지 않았다.

아이고, 우리가 깨웠는가배? 미안해가 우짜노!

부스스한 모습으로 문을 여는 나를 향해 어르신들이 전혀 미안하지 않은 얼굴로 말했다. 새나 바람 소리 같은 자연의 속삭임에 하루를 맞이하리란 기대까지 한 것은 아니었다. 그래도 노인들의 치고받는 목소리로 매일 잠을 깨는 것은 당황스러웠다. 그들은 나이가 많아 가는귀가 먹었고 그래서 목소리가 컸다. 그 음성에 되고 센 사투리까지 더해져 내 집 앞은 언제나 육박전의 무대 같았다. 그것이 나의 모닝콜이었고 어김없었다. 내겐 새벽이나 다름없는 그 시간에 그들은 이미 오전 농사일을 끝내고 밥까지 한술 뜨고 나온 후라는 게 그저 놀라울 따름이었다.

동네 어른들은 처음부터 내 집에 관심이 많았다. 다 쓰러져가는 집을 누군가 샀다는 것도 놀라운데, 그 누군가가 젊은 여자라는 사실이 그들은 신기했다. 집을 수리할 땐 아예 **빨간 농사용 밭 의자**를 가져와 앉아서 대놓고 구경했다. 그러다 마음에 안 들면 성질을 내며 서로 자기 집인 양 참견했다.

그들이 싸움 같은 대화를 주고받으며 내 집에 있을 때 중고로 산 가구가 배달되었고, 가구 주인에게 커피를 대접하며 어른들 것도 같이 준비한 것이 내 집 앞 모닝콜의 시작이었다. 에스프레소에 가까운 내 커피가 노인들 입맛에 안 맞을 것 같아 심하다 싶을 만큼 연유를 들이부었는데, 본의 아니게 그것이 그들의 취향을 정확하게 저격한 것이다.

다른 데서는 여 같은 맛이 안 나. 희한해.

이른 아침 내 집 앞에 모여든 그들은 농사지은 채소나 과일을 싼 짐보따리를 하나씩 끼고 있었는데, 관광객을 상대로 팔 것들이었다. 최근에 근처의 사찰로 곧장 연결되는 도로가 생기면서 찾는 이들이 부쩍 늘었다. 그들에게 농산물을 팔아 생기는 수입이 꽤 짭짤했다. 오전 농사일을 끝내고, 이른 아침을 먹은 뒤, 내게로 와서 커피를 마시고, 장사를 하러 나간다, 그것이 동네 어르신들의 요즘 루틴이었다.

이 마을은 같은 성을 가진 사람들이 모여 사는 집성촌으로, 조선 건국에 저항해 이동해 온 고려인이 처음 살기 시작했다. 역사책에서나 등장할 법한 유래만큼이나 그들끼리의 친밀도 깊었다. 그래서인지 모두가 형님이거나 동생이었고 아재거나 조카였다. 크고 작은 다툼이 끊임없이 있었지만 이방인에 대해서라면 단 하나의 이견도 없이 똘똘 뭉쳤다. 나의 커피는, 그들의 텃세와 업신여김을 무마하는 일종의 촌지이기도 했다.

이제 고만 일나자.

누군가의 말에 모두 우르르 일어섰다. 그러고는 누가 먼저랄 것도 없이 주머니를 뒤지거나 보퉁이를 쑤석거리며 돈을 찾았다. 물론 진짜로 돈을 꺼내는 사람은 아무도 없다. 더 어색해지기 전에 적당한 타이밍에 내가 재빨리 나서야 한다. 나는 양 손바닥을 쫙 펴 과장되게 휘저으며 괜찮다며 사양했다. 그제야 그들은 그렇다면 할 수 없다는 표정을 지으며 바닥의 보따리를 집어 들며 자리를 떴다. 매번 반복되는 의식이었다.

그러나 이런 수선과는 전혀 무관하다는 듯, 한 백만 년 치 커피값 정도는 가뿐하게 선금으로 지급한 것처럼 당당히 커피를 취하는 사람이 있다. 튀어나온 광대 때문에 가뜩이나 꺼진 눈이 더 꺼져 보이는 강퍅한 얼굴, 지금은 찾기도 힘든 빛바랜 은비녀로 아무렇게나 틀어 올린 백발, 꼬질꼬질한 무명 치마저고리 차림의 그녀는 역시, 임고댁이다.

*

도시 중심에 있던 병원이 외곽으로 옮겨간 후, 엄마와 함께 병원에 가는 날이 곗날처럼 다가왔다. 이전하기 전부터 엄마는 이 병원의 오랜 단골이었다. 병동을 새로 짓거나 개조하며 긴 세월 동안 수요에 발맞추려 애쓴 병원은, 시간이 지날수록 어지럽게 갈래가 져 나중엔 병원 전체가 거대한 미로처럼 변해갔다.

엄마는 신관과 구관이 수수께끼처럼 얽힌 병동 사이를 유유히 걸어가, 안내표지를 보지 않고도 정확하게 진료실을 찾아갔다. 몸으로 익힌 길은 언제나 확실했다. 타지에서 왔거나 처음이라 헤매는 방문객에게 그들이 당도해야 하는 곳을 알려주는 것은, 늙은 엄마의 자부심이었다. 그래서 병원이 크고 넓고 세련된 건물을 세워 이전했을 때 엄마는 하나도 기쁘지 않았다.

도시 이쪽 끝에 사는 일흔의 엄마가 도시 저쪽 끝으로 옮겨 간 병원을 찾아가는 일은 쉽지 않았다. 지하철과 버스를 번갈아 타야 하는 물리적 거리도 문제지만, 몇 해 전까지 아득한 시골이었던 병원 터가 엄마에게는 어느 소수민족이 사는 땅만큼이나 멀게 느껴졌다. 왕복 4만원에 가까운 돈을 택시비로 쓸 사람도 아니었다. 그러니 내가 모시고 가는 수밖에 없는데, 엄마는 내가 시간을 내는 것을 아주 불편해했다. 나의 무엇도 자신을 위해 쓰는 것을 원하지 않았다. 아깝다, 아까워. 엄마는 자주 그렇게 말했다.

이번 검사에서도 엄마의 치매 결과는 '정상'이었다. 몇 번의 검사에도 결과는 같았다. 나는 엄마가 예전과 다르다는 것을 알아챘지만 그것을 설명하긴 어려웠다.

확실한가요?

내가 미심쩍어하자 의사가 퉁명스럽게 되물었다.

치매면 좋겠어요?

빨리 약을 쓰면 치매의 진행을 더디게 한다는 말을 들은 적이 있다. 나는 엄마가 더 나빠지는 것을 최대한 늦추고 싶다는 말을 애써 삼켰다. 의사는 자기 말을 하는 사람이지 남의 말을 듣는 이들이 아니라는 것을 경험으로 안다.

의사의 말에 의하면 엄마는 정상일 뿐만 아니라 또래보다 오히려 똑똑한 편에 속했다. 엄마는 직접 요리를 했고 타인의 도움 없이 일상생활이 가능했다. 공과금을 포함한 세금 관련 일을 본인이 처리했으며 아파트 노인정 사람들과의 친분도 유지했다. 거기에다 나를 포함한 몇십 명의 전화번호를 정확하게 외우고 있었다. 맞다. 엄마는 그 일을 혼자서 해낸다. 그러나 나는 엄마 머릿속의 미세한 균열이 보였다. 그 벌어진 틈으로 맺히는 결로를 느꼈다.

의사는 늘 그래왔던 것처럼 불안과 우울에 대한 약을 처방한다고 했다. 마무리를 짓듯 키보드를 가볍게 탁 두드리며,

기분이 나빠지지 않는 약에서 좋아지는 약으로 살짝 바꾼다고 덧붙였다. 나는 기분이 나빠지지 않는 것과 기분이 좋아지는 것의 차이를 잠시 생각했다. 의사가 고개를 외로 꼬며 벽의 시계를 올려다보았다. 할당된 시간이 지난 모양이었다. 나는 엄마의 팔을 잡아당겨 나가자는 신호를 주었다. 진료실을 나서는 우리 뒤통수에다 대고 그가 인심 쓰듯 말했다.

요즘은 약이 아주 자알 나옵니다.

그 말과 동시에 엄마는 생각난 듯 몸을 돌려 두 손을 가지런히 배꼽 앞에 모으고 깊게 허리를 숙였다.

약국에서 두 달 치 약이 조제되길 기다리며 20여 년 전 처음 의사를 만났을 때를 떠올렸다. 그때의 그는 젊고 의욕적이었고 그리고 연민이 있었다.

엄마는 죽은 아이가 자신을 따라다닌다며 갑자기 점집을 드나들기 시작했다. 유명한 무당부터 갓 신내림을 받았다는 무속인까지 닥치는 대로 찾아다녔다. 돈이 동나고 체력이 고갈될 때까지 굿을 해댔다. 말린다고 되는 일이 아니었다. 그러나 베개 밑에 식칼을 두어도 아이는 누운 엄마 곁으로 그악스럽게 따라왔다.

아이가 나를 쫓아옵니다. 무서워요.

일어설 기운도 없는 엄마를 부축해 병원에 데려갔을 때

그녀가 꺼낸 첫마디였다.

아이가 쫓아오는데, 뭐가 그렇게 무섭습니까?

의사가 묻자 엄마는 겁에 질린 얼굴로 더듬더듬 대답했다.

죽은 아이입니다.

아이가 죽었다는 것을 어떻게 아시죠?

의사가 다시 물었다. 엄마는 괴로운 듯 두 손으로 얼굴을 감싸며 들릴 듯 말 듯 한 목소리로 울먹였다.

맨발이거든요.

의사와 무당은 귀신에 대해 생각이 달랐지만 각자 최선을 다했다. 어떤 의미에서는 의사가 무당보다 조금 더 용했다. 왜냐하면 굿을 하고 돌아온 엄마는 벌건 눈으로 밤을 새웠지만, 의사가 처방한 약을 먹은 엄마는 종일 잠을 자느라 쫓아온 아이를 만날 수가 없었다. 엄마는 있는 힘을 다해 잠 속으로 달아났다.

네가 얻은 그 집에 한번 가봐야 하는데.

집으로 돌아가는 차 안에서 엄마가 말했다. 엄마는 늘 엄마에게서 떨어져나와 따로 구한 내 집을 궁금해했다. 그러나 나는 이런저런 핑계를 대며 피했다. 아빠도 다녀간 그 집에 어쩐 일인지 엄마를 들이기가 망설여졌다. 대답 없는 나를 물끄러미 바라보던 엄마가 고개를 창밖으로 돌렸다. 몇 달 사이 검버섯이 더 많아진 것 같았다.

생일인데, 미역국은 먹어야지?

내 생일은 아직 한참 남았는데 작년에도 그러더니 엄마는 엉뚱한 때에 또 내 생일 타령을 했다.

내 생일, 음력으로 쇠는 거 아냐?

그럼. 그날이 그렇게 좋다더라.

누가?

다.

다, 누구?

엄마는 다시 창밖으로 고개를 돌려 막 새순을 밀어 올리는 나무들을 보았다.

아직 멀었잖아. 음력으로 하면 매년 생일이 다르니까.

얘 봐!

엄마가 답답하다는 듯 내 쪽으로 고개를 홱 돌리며 혀를 찼다.

어릴 때 내게 음력과 양력을 가르치던 엄마가 생각난다. 지금은 망하고 없는 어느 은행의 커다란 달력을 펼쳐놓고 굵고 짙은 날짜 아래 작고 드문드문 적혀 있던 숫자를 엄마는 손으로 짚었다. 엄마의 손가락은 희고 가늘었고 젊은 얼굴은 작고 단단했다. 열어놓은 창으로 들어오는 빛이 엄마의 예쁨을 보탰다. 생일이 어떻게 달라? 나는 해마다 다시 태어나? 내 말이 끝나기 무섭게 엄마는 까르르 웃으며 나를 안았다. 그 이상하게 슬프던 웃음소리를 기억한다. 엄마의 말랑한 가슴이 오르내리고 숱 많은 머리칼이 출렁이며 향기를 풍겼다. 나는 파묻힌 얼굴을 들어 엄마를 올려다보았다. 검고 큰 눈동자, 짙은 쌍꺼풀, 그 주위로 한지 위에 잘못 떨어진 먹물처럼 번지던 푸른 멍. 시간에 대해, 자전과 공전에 관해 얘기하던 엄마의 설명을 나는 하나도 알아듣지 못했다. 산발적이고 간헐적으로 피어나던 그녀의 멍처럼 그것은 두서가 없었다.

생일이 어떻게 해마다 다르냐? 넌 매번 다시 태어난다니?

엄마가 딱하다는 표정으로 나를 보며 말했다. 나는 깜빡이는 신호에 놀라 급하게 브레이크를 밟았다. 빌어먹을 의사 같으니!

약이 든 봉지를 바닥에 내려놓으며 나는 괜히 집을 한번 훑었다. 아빠가 거의 들어오지 않는 엄마의 집은 이제 엄마처럼 늙어갔다. 이유 없이 벽지가 뜯어지고 몰딩이 탄력을 잃었다. 돌아서 현관을 나서는 내 손에 엄마가 급하게 봉투를 쥐여 주었다.

뭐야?

병원비.

나는 엄마를 보았다. 엄마는 내게 돈을 주는 것을 포기하지 않을 것이나. 돈을 봉투에 넣어두었다는 것은 이미 작정했다는 뜻이다. 나는 깊게 숨을 들이켰다가 내쉬고 봉투 속의 돈을 헤아려 지폐 몇 장을 돌려주었다.

더 많아.

그건 택시비.

엄마가 내 주머니에 다시 돈을 욱여넣으며 말했다. 나는 터져 나오는 짜증을 누르느라 관자놀이가 다 욱신거렸다.

그럼 처음부터 택시를 타.

아깝잖아.

결국 그 말에 나는 폭발하고 말았다. 돈을 바닥에 내팽개치며 소리쳤다.

아까워? 뭐가? 진짜 아까운 게 뭔지 알기나 해?

나는 문을 쾅 닫고 빠른 걸음으로 차로 돌아왔다. 그리고 꾸중 들은 아이처럼 꼼짝하지 않고 현관에 서 있을 엄마를 떠올리며 자동차 공회전 속에 오래 앉아 있었다.

혹시, 죽은 맨발의 아이에 대해 아는 것이 있습니까?

엄마와의 첫 상담을 끝낸 젊은 의사가 나를 따로 불러 물었다. 그 질문은 마구 흔든 샴페인의 코르크 마개를 딴 것처럼, 묻어두었던 내 유년의 기억을 폭발적으로 불러냈다.

아파트 계단을 오르는 아빠의 발소리가 들리면 나는 후다닥 내 방으로 건너가 이불을 뒤집어쓰고 누웠다. 검은 장막이 쳐진 이불 안에 누워 그날 아빠의 기분을 가늠했다. 당시의 아빠는 장마 직전의 계절 같아서 쉽게 예측할 수가 없었다. 흐리다가 말짱히 개기도 했고 돌풍과 함께 천둥 번개가 치기도 했다. 나는 높고 축축한 공기 속에서 변화무쌍한 아빠의 날씨를 기도하는 심정으로 관측했다.

그러던 어느 날이었다. 그날 아빠는 엄마에게 너무도 가혹해서 차마 이불 속에서 모른 척할 수가 없었다. 나는 한껏 용기를 내 이불을 박차고 나갔다. 나가서 아빠 다리에 절박하게 매달렸다. 그러자 아빠가 아주 싱겁게 주먹을 거두었다. 물론 내 목적이 그것이었지만, 마치 누군가가 '정지버튼'을 누른 것처럼 갑자기 모든 것이 뚝 그쳤다. 당황한 건 오히려 엄마와 나였다. 두 팔로 얼굴을 방어하던 엄마가 빼꼼히 고개를 들었고, 나는 그렇게 쉽게 내 뜻을 따르는 아빠가 어리둥절했다. 그것도 잠시, 엄마는 버튼의 효력이 다하기 전에 얼른 밖으로 도망쳤다. 나는 그런 엄마를 놓칠세라 재빨리 뒤쫓아 달려 나갔다.

그날의 기억은 모두에게 학습되었다. 나는 아빠의 날씨를 예측하는 대신 다리에 매달릴 순간을 어림했다. 엄마는 이렇게 맞다가는 영 죽겠다 싶을 때 내 이름을 불렀다. 그러면 아빠는 나의 등장과 함께 거짓말처럼 온순해졌다. 흠씬 두들겨 맞던 엄마가 주문처럼 내 이름을 외치면 구원처럼 내가 나타나고, 아빠는 휘두르던 주먹을 내리고 어린 양처럼 얌전해졌다는 얘기다. 이 말도 안 되는 일이 얼마나 오랜 시간 지속되었는지는 생각하고 싶지 않다.

그러나 매번 같은 결말이 반복되어도 나는 아빠를 피해 달아나는 엄마만큼은 적응되지 않았다. 도망간 엄마가 이대로 사라져 영영 돌아오지 않을까 봐 두려웠다. 엄마를 때리는 아빠보다 눈앞에 없는 엄마가 더 무서웠다. 엄마를 찾아 아파트 옥상을 단숨에 올랐고, 동과 동 사이를 길 잃은 고라니인 양 겅중겅중 뛰어다녔다. 마침내 후미진 골목 모퉁이에서 엄마를 발견하면, 내 뺨을 타고 흐르는 눈물마저 다정하게 여겨졌다. 희미하게 밝아오는 새벽빛 속으로 정처 없이 쏘다니던 어린 나는, 언제나 맨발이었다.

*

카페에 필요한 용품을 사서 돌아오는 길이었다. 주말이어서 일찍 열 팀을 채울 수 있을 것 같아 마음이 급했다. 절 앞에는 몇 무리의 관광객이 동네 노인들의 좌판을 기웃거리고 있었다. 갑자기 떠들썩한 소리가 들려 힐끗 돌아본 곳에는 아니나 다를까 임고댁이 있었다. 그녀의 좌판은 절을 드나드는 사람이라면 반드시 지나가게 되는 위치에 있어 장사 자리로는 명당이었다. 임고댁에게 땅 주인이 자리를 비키라고 요구하고 있었다. 동네 주민이기도 한 땅 임자는 그 자리가 수입이 좋다는 얘기를 들은 터였다. 그러나 순순히 내어줄 임고댁이 아니었다. 도대체 저런 욕은 어떻게 생각했을까 싶은, 모질고 기발한 욕을 쉬지 않고 퍼부어댔다. 거의 얼이 나간 주인 여자가 패배를 받아들이고 고개를 절레절레 흔들며 돌아섰다.

하이고, 그 돈 벌어 다 뭘할라꼬 저래 독한고?

임고댁의 막무가내에 기가 막힌 여자가 자리를 뜨며 중얼거렸다. 그때였다. 여자의 말이 끝남과 동시에 그녀의 상체가 부채 센베이처럼 휘어졌다. 평소에는 귀 옆에다 손나팔을 만들어 소리를 질러도 들은 척도 안 하던 임고댁이 그 작은 소리를 귀신같이 알아듣고 여자의 머리끄덩이를 움켜쥐고 힘껏 잡아당긴 것이다.

내 똥 닦을라 안 카나! 와?

주변의 도움으로 겨우 손아귀에서 풀려난 여자는 서둘러 그곳을 떠났다. 임고댁은 여전히 분이 풀리지 않는지 빠르게 멀어지는 여자의 뒤통수에 대고 고래고래 저주의 말을 쏟아냈다. 다툼은 임고댁의 승리로 끝났다. 모든 싸움이 그랬다.

예상대로 그날은 일찌감치 열 팀을 채웠다. 나는 뒷정리를 하다 말고 가게 앞에 내놓은 의자에 앉았다. 그렇게 불어오는 바람을 맞고 있을 때, 홀로 시대극을 찍는 것 같은 차림의 임고댁이 카페로 걸어왔다. 조금 전 뭔 일이 있었냐는 듯 순순한 얼굴이었다. 나는 자리를 내어주고 냉장고에서 박카스 한 병을 가져와 뚜껑을 따 내밀었다. 임고댁은 아주 당연하고 자연스럽게 그것을 받아서 입으로 가져갔다. 나는 다른 의자 하나를 끌어와 그녀 옆에 앉았다.

임고댁이 이 동네로 시집왔을 때 그녀의 나이 열아홉이었다. 어쩌다 그 나이에 그렇게 허랑방탕한 김 씨와 혼인하게 되었는지는 아무도 모른다. 마을의 허드렛일을 도맡아 하며 제실의 방 한 칸에 기거하던 그녀의 남편 김 씨를 동네 사람들은 개비짱이라 불렀다. 어른들을 따라 동네 꼬마들까지 그를 개비짱, 개비짱 불렀으므로 본래 뜻과는 무관하게 그 호칭은 가소로운 무엇처럼 여겨졌다.

일손이 필요하면 누구나 개비짱을 찾았고, 개비짱은 아무 데나 불려 다녔다. 일하든 놀든 그는 술을 마셨고 그래서 늘 술에 절어 있었다. 그는 잔뜩 움츠린 어깨 속으로 목을 집어넣고 등을 구부정하게 꺾은 채 동네를 돌아다녔다. 누가 뭐라든 어깨를 들썩이며 히죽히죽 웃었기 때문에 웃는 것조차 주정처럼 보였다.

그러나 어린 내가 개비짱이 전혀 다른 사람 같다고 생각한 적이 있는데, 바로 마을에 초상이 났을 때였다. 동네 사람들이 상여를 메고 갈 때, 개비짱은 맨 앞에 서서 요령을 흔들며 소리를 했다. 그가 선창하면 뒤를 따르던 사람들이 그 소리를 받았다. 그는 허리를 곧게 세우고 어깨를 활짝 펴 애처롭고 웅장한 앞소리를 메기며 구경 나온 사람들 앞을 지나갔다. 개비짱이 무리의 앞장을 서는 일은 이때가 유일했다. 그때의 결연하고 당당한 모습의 개비짱은 평소에 내가 봐온 모습과는 전혀 다른 얼굴이었다.

임고댁이 이 동네에 처음 발을 디뎠을 때는 사람들이 한 번쯤 뒤돌아봤을 정도로 고왔다. 날렵한 턱선과 가늘고 긴 눈매는 끊어질 듯 가는 허리와 함께 동네 사람 모두의 눈길을 사로잡았다. 그러나 얼마 지나지 않아 그녀의 몸에 여러 가지 상처가 나타나기 시작했다. 사람들은 개비짱을 의심했지만 임고댁은 정색을 하며 아니라고 했다. 넘어졌다거나 부덮힌 거라고 얼버무리며 착하게 웃었다. 남편인 개비짱의 자상은 상상도 못 할 정도라며 몸을 꼬았다. 확인할 길이 없는 사람들은 반은 믿고 반은 아닐 거로 간주했다.

그 무렵 한 남자가 들어와 철물점을 열었다. 그는 성실하고 근면했고 게다가 정이 많았다. 혼자 사는 노인 집을 수시로 들러 안부를 확인했고, 집 안 구석구석 고장 나거나 허름한 데를 손보았다. 자전거 바퀴에 빵빵하게 바람을 채워주는 것으로 동네 꼬마들의 마음까지 얻었다. 나중에 그가 노름판의 전문 타짜로 밝혀지기까지 동네에 들인 공을 생각하면, 해 먹어도 크게 한탕 할 심산이었던 것은 분명했다.

그 시절 농촌의 겨울엔 으레 노름판이 벌어졌다. 재미로 끼어든 어설픈 도박꾼과 그걸 지켜보는 구경꾼들로 하우스는 늘 만원이었다. 사내들은 방문을 열고 나와 마당에 아무렇게나 오줌을 갈겼다. 열린 문틈으로 매캐한 담배 연기와 시큼한 막걸리 냄새가 새어 나왔다.

머리가 엄청나게 좋네, 당신처럼 운 좋은 사람은 처음 본다 같은 말에 속을 만큼 개비짱은 어리석었다. 그는 철물점 남자가 던진 미끼를 덥석 물고 자리를 떠날 줄 몰랐다. 임고댁이 허드렛일로 모은 돈을 꼬라박고 많지도 않은 밭떼기마저 모두 잃었지만 일어나지 못했다. 더 이상 걸 것이 없어 미칠 것 같을 때, 철물점 남자가 그의 귀에 대고 속삭였다. 네가 진 빚과 앞으로 노름할 돈까지 모두 내가 주겠다 단, 임고댁을 내게 넘기는 조건으로.

임고댁은 울었다. 울면서 빌었다. 그러나 벌겋게 눈이 돈 개비짱에겐 아무 소용이 없었다. 그는 가지 않겠다는 임고댁을 집 밖으로 끌어냈다. 작은 시골 마을의 갑작스러운 구경거리에 어른 아이 할 것 없이 모두 삽지껄로 몰려나왔다. 길에는 새벽부터 내린 눈이 쌓여 있었다. 개비짱은 기를 쓰고 버티는 그녀의 뒷덜미를 사정없이 잡아당겼다. 임고댁은 서늘하고 매끄러운 눈의 미끄럼을 타며 마을 사람들이 보는 앞에서 질질 끌려다녔다. 버둥대는 다리 때문에 간혹 허술한 허벅지가 드러나기도 했다. 구경 나온 사람 중엔 어린 나도 끼여 있었다. 임고댁의 목덜미를 사정없이 움켜쥔 채, 양옆으로 늘어선 마을 사람들 앞을 지나가던 개비짱의 얼굴을 나는 보았다. 그 모습은 상여 맨 앞에 서서 요령을 흔들며 선창할 때의 얼굴, 바로 그것이었다.

상상도 못 할 정도로 자상하다던 남편의 실체가 드러난 그 겨울밤, 눈은 쉬지도 않고 쏟아졌다. 임고댁은 몸부림을 멈추고 개비짱이 하는 대로 내버려두었다. 그리고 하염없이 펼쳐지는 검은 하늘을 가만히 바라보았다. 그것이 이곳을 떠나기 전에 내가 본 임고댁의 마지막 모습이었다.

나란히 앉아 멍하니 바람을 맞는 나와 임고댁 앞으로 눈선이 검은 백할미새 한 마리가 후드득 날아올랐다. 긴 꽁지를 위아래로 흔드는 모습을 말없이 지켜보던 임고댁이 입을 열었다.

저것은 좋것구나. 지 가고 잡은 대로 아무 데나 가삐면 되고.

그녀가 랩을 하듯 리듬을 넣어가며 읊듯이 말했다. 그 말에 내가 무심코 대꾸했다.

그럼, 다음 생에는 새로 태어나세요.

그러자 임고댁이 소리를 버럭 지르며 왈칵 성질을 냈다.

뭐라카노? 또 태어나란 말이가? 엉기나는 소리 하지 마라! 실타! 죽어도 실타!

냅다 성을 낸 것이 좀 무안했는지 임고댁은 박카스 병을 거꾸로 세워 괜히 혀에 탁탁 소리를 내며 털었다. 그러고는 의자에서 일어나 집으로 돌아가며 물었다.

거는 아즉 젊은 사람이 촌구석서 와 이라고 있노? 남자 없나?

임고댁이 말한 그 남자, 윤이 찾아온 것은 그로부터 며칠 후였다. 윤은 시골로 이사하겠다는 나를 줄곧 말렸다. 그의 만류에도 내가 의지를 꺾지 않자 연락을 하지 않는 것으로 화를 내는 중이었다. 그랬기 때문에 윤의 청혼은 그의 갑작스런 방문만큼이나 뜻밖이었다.

　윤을 만난 지는 오래되었다. 스무 살에 만났으니 거의 20년이다. 결혼을 고민한 적도 있었지만 그마저도 지나가버렸다고 생각한 터라, 그의 구혼에 당황한 건 사실이었다. 여기저기 집을 둘러보던 윤이 이제 결혼하자, 그렇게 말했으므로 윤은 내가 아닌 집에게 청혼하는 것 같았다. 그리고 결혼하자 앞에 '이제'를 붙임으로써 지나간 시간이 모두 소용없는 것처럼 여겨졌다. 하긴 오래된 연인의 선택은 둘 중 하나였다. 결혼하거나, 헤어지거나.

　양가 부모들이 서로를 대면하는 것은 처음이었지만, 우리가 워낙 오래 만나왔기 때문에 나와 윤의 존재는 익히 알고 있었다. 그래서 '상견례' 하면 흔히 떠오르는 그런 식당 대신 우리가 자주 가는 갈빗집으로 장소를 정했다. 음식이 맛있는 집이었고 무엇보다 직원이 고기를 구워주었기 때문에 특정인의 수고 없이 다 같이 식사를 즐길 수 있었다. 윤과 나는 이미 나이만으로도 열렬히 결혼을 지지받을 만했기 때문에 모든 게 순조로웠다. 아빠가 자리를 마무리 짓는 형식적인 말을 윤에게 건넸다.

엄마의 진심

우리 딸 많이 아껴주게.

나는 물을 입안에 머금고 표나지 않게 헹구는 중이었다.

자기 여자를 아끼는 남자가 진짜 남자 아니겠나.

품! 나는 물을 뿜었다. 온몸이 벌레가 기어가는 것처럼 스멀거려 참을 수가 없었다.

그래서? 그렇게 잘 알아서 아빠는 엄마한테······.

순간, 뺨 한쪽에 불꽃 같은 타격이 느껴졌다. 자리에서 일어서던 윤의 부모가 엉거주춤한 자세로 굳어버렸다. 나는 엄마를 보았다. 엄마는 그렇게 내 입을 막았다. 그 와중에도 나는 이 매서운 손맛의 주인이 아빠가 아니라 엄마라는 사실이 흥미로웠다. 평화롭게 갈비를 뜯던 손님들이 일제히 우리 쪽으로 고개를 돌렸다. 정신을 차린 윤의 부모가 서둘러 자리를 떠났다. 나는 딸의 결혼을 끝장내면서까지 엄마가 지키고 싶었던 것이 무엇인지 궁금했다.

윤은 착했다. 나는 윤이 착해서 좋았다. 그러나 윤은 자신의 엄마에게도 착했고 그래서 나와 헤어지라는 말도 곱게 따랐다. 그렇게 나와 윤의 오랜 연애가 끝났다. 나는 내게만 착한 사람은 없다는 깨달음을 얻었다. 아빠는 그나마 남아 있던 짐까지 마저 챙겨 집을 나갔다. 엄마는 아무도 없는 집에서 기억을 놓아갔다.

*

　엄마의 치매는 빠르게 진행되었다. 치매뿐 아니라 종합적인 노인성 질환이 한꺼번에 닥쳤다. 나 혼자 엄마를 돌보는 것에 한계가 왔다. 청력과 언어구사 능력, 시력과 더불어 인지기능까지 순식간에 떨어졌다.

　전화해, 전화. 무슨 일 있으면 전화해.

　나는 포크로 딸기를 찍어 건네며 엄마에게 당부했다. 엄마는 그것을 달게 받아먹으며 얌전하게 고개를 끄덕였다. 그러곤 해맑은 얼굴로 내게 되물었다.

　그런데 전화가 뭐냐?

　요양원으로 엄마를 모시기로 한 날이었다. 뒷좌석에 엄마를 앉히고 안전띠를 채우는데, 뭐가 문젠지 잘 안 되었다. 몸을 차 안으로 깊숙이 넣고 낑낑거리는데 주머니의 휴대전화가 계속 울렸다. 몇 번의 시도 끝에 안전띠를 채운 뒤에 벨트를 잡아당겨 이상이 없음을 확인했다. 그제야 몸을 쭉 펴고 전화를 받았다. 임고댁과 실랑이를 벌이던 땅 주인이었다. 그녀가 임고댁의 사고소식과 부고를 함께 전했다.

　한동안 동네 어른들이 커피를 마시러 나타나지 않았다. 이미 그들의 모닝콜이 몸에 밴 나는 그 시간에 늘 잠이 깼다.

카페 앞 의자에 앉아 노인들을 기다렸다. 그들이 읍내 무슨 투자 설명회에 몰려다녔다는 것은 한참 뒤에 알았다.

시골 어른들은 상상 이상으로 유튜브를 많이 봤다. 시청하는 채널들은 다소 올드했지만 젊은 사람 못지않게 온종일 폰을 끼고 살았다. 업체는 우 몰려온 노인들을 누구보다도 따뜻하게 맞았다. 어깨를 감싸거나 손을 잡는 것은 대수로운 일도 아니었고 말도 상냥했다. 노인들은 먼 길도 마다치 않고 달려갔다. 심지어 이웃 마을에서 원정을 오기도 했다.

설명회 사람들은 그들이 만든 브라우저로 유튜브를 보면 광고도 없고 유튜브 요금을 내지 않아도 된다고 했다. 브라우저가 뭔지는 잘 몰라도 광고가 성가셨던 어른들은 그 말이 반가웠다. 더군다나 사용료까지 아낀다니 더할 나위 없었다. 노인들은 그들이 하라는 대로 했다. 그때부터는 일이 쉬웠다. 그들은 자연스럽게 연결고리를 코인과 다이닝으로 이끌었다. 회사에서 주는 코인의 가격이 곧 폭등할 것이기 때문에 마감되기 전에 얼른 채굴패키지 유료 회원에 가입하라고 했다. 노인들은 조바심이 났다. 그들은 신규투자자의 돈으로 배당금을 돌려 막으며 노인들의 신뢰를 쌓아갔다.

휴대폰도 없는 임고댁이 어쩌다 그런 일에 휘말렸는지는 알 수 없지만, 꼬박꼬박 입금되던 돈이 끊기자 그들을 찾아 나섰다. 당연히 그곳에는 업체도 업체 사람들도 사라지고 없었다. 모두가 돌아간 뒤에도 임고댁은 자리를 떠나지 못했다. 기다려도 오지 않는 그들을 기다리다 돌아오던 늦은 밤, 산길을 넘는 스포츠카가 그녀를 덮쳤다.

그녀의 빛바랜 무명 저고리가 자동차 라이트에 번쩍였다. 아직 솜털이 남아 있는 어린 드라이버는 브레이크를 밟기엔 늦었다는 것을 알고 질끈 눈을 감았다. 둔탁한 마찰음과 함께 공중으로 붕 떠올랐다 떨어진 임고댁은 바닥을 세 번쯤 구른 뒤 멈추었다. 대자로 누워 하염없이 펼쳐진 검은 하늘을 보며 임고댁은 낡은 벽지 위에 작대기 몇 개로 표시해둔 투자금을 떠올렸다. 그리고 아주 잠깐, 언젠가 저런 하늘을 본 적이 있다는 생각이 들었다.

엄마도 다시 태어나는 거, 싫지?

요양원 테라스 의자에 앉아 말라가는 나뭇잎을 바라보는 엄마에게 불쑥 물었다. 다시 태어나는 건 죽어도 싫다던 임고댁 말이 갑자기 생각나서였다. 그즈음 엄마는 정신이 온전치 않을 때가 대부분이어서, 질문이라기보다 내 혼잣말에 가까웠다. 그런데 어쩐 일로 엄마가 그 말을 알아듣고는 천천히 내 쪽으로 고개를 돌렸다.

아니, 나는 꼭 다시 태어나고 싶구나.

예상 밖의 대답이었을 뿐 아니라, '꼭'에 어찌나 살뜰히 힘을 주던지 듣는 나까지 간절해지는 기분이었다.

꼭 다시 태어나서 나는……

아, 아! 요양원 안내 방송이 엄마의 말을 덮은 건 그때였다. 승강기 점검이 있으니 30분 동안 엘리베이터 사용이 어렵다는 내용이었다. 안내가 끝나자마자 다시 물었다.

응?

다시 태어나서 나는……

다시 한번 알립니다! 안내 방송은 이내 끝이 났지만 엄마는 더 이상 아무 말도 하지 않았다. 뭔가 말하려고 입술을 달싹거리는 듯했으나 두어 번 고개를 젓더니 입을 다물었다. 대신 이렇게 말했다.

네가 사는 그 집에 한번 가봐야 하는데.

그 말을 끝으로 엄마는 내리 잠을 잤다. 젊은 날 맨발의 아이를 피해 숨어든 잠처럼 엄마는 깨어나지 않았다. 그래서 다음 생을 향한 분부 같았던 엄마의 마지막 말을 나는 끝내 들을 수 없었다.

엄마를 보내드리고 오는 길에 눈이 내렸다. 나는 자동차 천장의 문루프를 열었다. 내리는 눈을 맞으며 엄마의 유언이 된 그 집으로 돌아왔다.

*

나는 나의 부모가 부끄러웠고 그런 부모가 나를 사랑해서 평생, 내가 부끄러웠다.

라스베이거스 여인숙

민이 아내에게 이혼을 제안했을 때 그리고 아내가 순순히 그 제안을 받아들였을 때 생각보다 담담하다, 고 느끼고 싶었지만 그러지 못했다. 입안이 바짝 말랐고 벌레가 기어가는 것처럼 피부가 가려웠다. 온몸이 쩍쩍 갈라지는 느낌이었다. 어딘가로 숨어버리고 싶었다. 매캐런 공항에 발을 내딛는 순간, 민은 여기가 바로 그가 바라던 장소임을 단박에 알았다. 지구에 존재하는 모든 국가들이 일정 수의 국민들을 차출해 이곳에 모아놓은 것 같았다. 다양한 인종과 더 다양한 언어들이 넘쳐났다. 숨어버리기에는 최고의 장소였다. 알 수 없는 언어를 쓰는, 알지 못하는 사람들은 누구도 술래가 될 생각이 없어 보였다.

발밑으로 네온이 범람했다. 민이 머무는 호텔은 주변보다 고층이어서 라스베이거스의 전경이 한눈에 들어왔다. 특히 랜드마크와도 같은 벨라지오 분수 쇼가 발코니에서도 보였다. 민은 침대 옆에 우두커니 세워둔 캐리어를 지나 하루에도 몇 번씩 발코니로 나가 벨라지오 분수와 라스베이거스 거리를 내려다보곤 했다.

사실 민이 처음부터 라스베이거스를 생각한 것은 아니었다. 짐을 싸서 충동적으로 집을 나왔지만 어디로 가야 할지 막막했다. 그때 선배에게 전화가 걸려왔고 결과적으로 그 전화가 민을 이곳으로 이끌었다.

선배가 고레에다 씨의 이야기를 민에게 한 것은 이것으로 세 번째였다. 첫 번째는 민의 사정으로, 두 번째는 고레에다 씨의 사정으로 둘은 만나지 못했다. 선배의 부탁은 이러했다. 한 일본인이 옛 고향 집을 찾는데 민의 도움이 필요하다는 것. 일흔을 넘긴 그의 유일한 소망이, 민이 사는 도시의 어디쯤을 죽기 전에 꼭 한 번 밟아보는 것이라고 했다.

민은 D시의 '근대 건축물 리노베이션' 프로젝트를 구청과 함께 몇 년째 추진 중이었다. 일제 강점기에는 최대 상업지구였고 해방 직후에는 산업화 바람을 타며 전성기를 누렸던 골목이 현재 민이 작업하는 곳이다. 그러나 없는 게 없던 그 골목은 불과 몇십 년 사이에 도심의 중심에서 재생의 대상이 되었다. 골목을 포함한 그 일대가 모두 리노베이션 계획 하에 있었다. 고레에다 씨가 자신의 고향이라 주장하는 곳이 근대 골목 한중간에 있는, D시 사람들이 속칭 '자갈마당'이라고 부르는 성매매 집결지였다.

민은 가지고 다니기에는 거추장스러운 캐리어와 배낭을 선배 집에 던져놓고 고레에다 씨와 함께 자갈마당을 찾았다. 그곳에는 흉물스레 남아 있는 빈 건물을 해체하는 작업이 한창이었다. 민간업체는 일만 팔천 제곱미터가 넘는 이 부지에 주상복합단지를 신축하기 위하여 오랜 기간 공을 들여왔다. 대부분의 주민 동의를 얻고도 건설사업 승인 신청을 할 수 없었는데, 몇몇 지주와 업주의 격렬한 반대로 토지 매매 최소 동의율인 95%를 넘기지 못해서였다. 그러나 지리멸렬하게 이어오던 싸움에 최근 가속이 붙기 시작했다. 개발 반대의 중심축이었던 홍 할머니가 아흔을 넘기면서 갑작스레 사망했기 때문이다. 늘 화제의 중심에 있던 그녀가 죽자, 몇 안 되던 반대파들은 표나게 힘을 잃고 하나둘 매매에 합의했다.

굴삭기 파쇄작업의 굉음 속에서 민은 익숙한 간판 하나를 발견했다. 무너진 건물더미에서 '라스베이거스 여인숙'

의 '인숙'이 바닥에 모로 파묻힌 채 뿌연 먼지를 뒤집어쓰고 있었다. 민은 발끝으로 잔해들을 대충 밀어내고 허리를 숙여 간판을 들어 올렸다.

10년 전쯤 고레에다 씨의 고향 방문에 도움을 달라는 선배의 첫 부탁을 받았고 흔쾌히 그러겠다고 했다. 일본인의 고향이 한국이라는 것이 흥미로웠고, 유곽이라는 것도 놀라웠다. 그러나 뒤이어 아내에게 전화가 왔는데 그녀는 거의 발작적으로 소리를 질러댔다. 민은 그런 아내에게 뛰어가느라 선배의 부탁을 들어줄 수 없었다.

소리를 지르는 아내에게로 달려갔을 때 그녀는 울고 있었다. 아니 정확하게는 화를 내고 있었다. 화를 낼 대상이 없으니 울음으로 자신에게 화를 내는 중이었다. 또 실패래, 또! 그게 무슨 말이냐고 물었지만, 민은 이미 짐작하고 있었다. 수정이 되지 않았다는 것을. 아내는 어떻게든 임신을 하려고 애를 썼다. 민의 머릿속으로 클로미펜, 배란 유발, 난포 계측 같은 단어들과 숙제처럼 가졌던 섹스의 순간들이 지나갔다. 아내의 배꼽 아래를 뚫으면 아직도 채취할 난자가 남아 있다는 사실보다, 아기를 갖고야 말겠다는 아내의 집착이 민은 더 무서웠다.

아내가 안정을 찾을 즈음, 민은 홍 할머니를 만났다. 그는 프로젝트와는 별개로 근대골목의 오랜 주민들을 차례로 만나오고 있었다. 그녀는 팔십을 바라보는 나이에도 모종의 여성성을 지니고 있었다. 몸짓은 우아했고 말투는 단정했다. 아주 고운 삶을 살아온 사람처럼 보였다. 네 명의 영아를 살해하고 사체를 유기한 사람처럼은 전혀 보이지 않았다.

그 얘길 듣고 싶다고? 홍 할머니는 몸의 깊은 곳으로부터 끌어 올린 듯한 숨을 내쉬었다. 아직도 그 사건을 기억하는 사람이 있구려. 하기야 잊히기엔 너무……. 그녀가 혼잣말을 했다. 아무리 오래전 얘기라 해도 그 얘기를 하는 것이 쉽지는 않을 것이다. 변별능력이 없는 상태였었다고는 하나 살인은 엄연한 사실이었고 홍 할머니의 아이 넷이 죽었다.

*

평소와 다름없는 날이었다. 너는 두부 한 모를 사서 집으로 돌아왔다. 도마 위에 두부를 썰어놓고 된장이 끓기를 기다리는데 배가 너무 아팠다. 종일 복통이 오락가락하기는 했다. 방으로 들어가 잠시 누워 있는데 뭐랄까, 커다란 구렁이가 배 속을 휘젓고 다니는 느낌이었다고 할까? 속이 뒤틀리고 후벼 파듯 고통스러웠다. 너는 알았다. 언젠가처럼 대단한 뭔가가 밑으로 빠져나오려 한다는 것을. 그리고 곧 거짓말처럼 너의 통증이 사라졌다. 문제는 그다음이었다. 네 몸에서 빠져나온 미끄넝한 그것이 내는 소리였다. 한여름 매미가 떼 지어 우는 소리 같기도 하고 어떤 거대한 기계가 돌아가는 소리 같기도 했다. 견딜 수 없어 귀를 틀어막았지만 소용없었다. 너는 벌떡 일어나 장롱문을 열고 두꺼운 솜이불을 꺼내 그 위에 던졌다. 날카롭던 소리가 둔탁해지긴 했지만 그래도 꽤 오래 이어졌다. 작아지고 작아지던 소리가 뚝 끊어짐과 동시에, 너도 정신을 잃었다.

눈을 뜬 곳은 병원이었다. 세 명의 남자가 너를 내려다보고 있었다. 하나는 가운을 입은 의사였고 둘은 경찰이었다. 정신을 잃고 쓰러졌을 때 마침 손님이 찾아왔고 그가 너와 그것을 병원으로 데려왔다고 했다. 네가 정신을 차리자 경찰이 손목에 수갑을 채웠다. 영아살해죄였다. 너는 그게 무슨 말이냐고 물었다. 경찰이라는 말만으로도 무서워 현기증이 이는데 살해라니, 너는 너무 겁이 나 턱이 덜덜 떨렸다. 몸에서 뭔가가 나온 것은 맞다, 그러나 그건 찌꺼기 같은 것이라고 너는 말했다. 자기 몸에서 나온 찌꺼기를 처리했다고 해서 그게 체포될 일은 아니지 않느냐고, 너무도 억울해 소리를 질렀다. 그들은 더욱 기가 차는 얘기를 했다. 그것이 네가 낳은 네 아이라고 말이다. 너는 말문이 막혔다. 그것이 아기라니, 말 같지도 않은 말이었다. 그것도 너의 아이라니. 경찰이 심하게 억지를 부린다고 생각했다. 너는 피임에 신경을 썼고 그 결과 꼬박꼬박 월경을 했다. 그게 아기라니 말이 되는 소리를 하라고, 너는 그런 일이 세 번이나 더 있었는데 그럼 그때마다 내가 아이를 낳은 거냐고, 어처구니가 없다는 표정을 지었다. 네 말을 들은 그들의 단춧구멍 같던 눈이 한없이 벌어졌다. 어디론가 급하게 전화를 걸던 그들은 다투듯 병실 밖으로 뛰쳐나갔다.

*

민은 홍 할머니의 현장검증 방송 자료를 어렵게 구해서 보았었다. 1968년, 민이 태어나기도 전이었다. 케이블 TV나 SNS가 없던 시절임에도 현장에는 그녀를 보려고 몰려든 사람으로 발 디딜 틈이 없었다. 당시 시민들은 대단히 흥분해 있었다. 욕설을 퍼붓거나 침을 뱉는 건 물론이고 그녀를 향해 거침없이 발길질을 해대는 사람도 있었다. 사람들의 충격과 노여움이 빗금이 죽죽 그어지는 검은 화면을 넘어 민에게까지 전달되었다.

그녀는 사람들에게 밀리고 치이면서 자주 중심을 잃고 비틀거렸다. 그때 누군가가 그녀를 향해 달걀을 던졌고 홍 할머니는 본능적으로 상체를 비틀어 그것을 피했다. 그 달걀은, 몰려드는 사람을 밀어내며 그녀의 팔을 붙들고 있던 애꿎은 경찰의 얼굴로 날아들었다. 짜증이 난 경찰이 얼굴을 닦으려 그녀의 팔을 거칠게 풀었다. 그 바람에 홍 할머니는 군중에게 뛰어들 듯 엎어졌다. 그 순간, 아무렇게나 틀어 올린 숱 많은 그녀의 머리카락이 뺨을 스치며 순차적으로 흘러넘쳤다. 놀란 그녀가 거의 배까지 숙였던 고개를 들었다. 겁먹은 커다란 갈색 눈동자, 질 좋은 치즈 같은 뽀얀 살색, 그리고 앙다문 붉은 입술이 고스란히 카메라에 잡혔다. 사람들은 개미 한 마리도 해치지 못할 것 같은 이 아름다운 살인자의 모습에 일순 당황했다. 아주 짧은 순간이었지만 사건 현장에는 정적이 흘렀다. 곧 자세를 바로잡은 그녀의 A라인 주름 스커트가 사르륵사르륵 걸음을 옮기며 현장을 벗어나자 최면에서 깨어난 듯 사람들은 다시 웅성거렸다. 홍 할머니는 영아 살해와 유기로 사형을 선고받았다.

홍 할머니의 병명은 임신거부증이었다. 그 병은 임신을 원치 않으면 그 자체를 부정하고 임신 따윈 하지 않았다고 여긴다고 한다. 임신을 한 적이 없으니 아이를 낳았다는 건 말도 안 되는 일이었다. 자기 몸에서 뭐가 나왔어도 그건 몸의 쓸데없는 어떤 일부일 뿐이라고 여기는 것이다. 어쨌거나, 엄마가 아이를 인정하지 않으면 아이는 자궁 아래로 숨어버린다고 전문가는 말했다. 최대한 깊숙이 숨어서 미동도 없이 열 달을 조용히 지낸다고. 당시 주위 사람 누구도 홍 할머니의 임신을 눈치채지 못한 건 바로 그 때문이었다. 그녀의 자궁 깊은 곳에서 죽은 듯 지내는 것이 바로 사는 길임을, 홍 할머니의 아이들은 알고 있었던 거다.

민의 아내는 반대였다. 아내의 배는 텅 빈 채 부풀어 올랐다. 그 배는 정말이지 진짜 같았다. 아니라 믿으면 납작해지고, 맞다 믿으면 불룩해지기도 하는 그녀들의 자궁을 생각했다. 배란 접시에서 뜻을 이루지 못한 성숙한 아내의 난자와, 미성숙했던 홍 할머니의 난자를 떠올렸다. 민은 어쩐지 씁쓸해졌다.

세계 여러 나라에서 홍 할머니 사건과 흡사한 사례들이 속속 발표되었다. 여성 인권 단체는 여성의 성 착취를 문제 삼으며 이 사건을 부각시켰다. 또, 항일운동가단체에서는 위안부 할머니와는 다른 맥락으로 일제 강점기에 조성된 자갈마당의 홍 할머니도 새롭게 조명되어야 한다고 주장했다. 이러한 일련의 일들로 홍 할머니 사건은 재조사에 들어갔고 다

각도로 검토되었다. 그러나 형량을 줄이기 위한 억측이라는 검사 측의 반론도 만만치 않았다. 어쨌거나 죽음을 기다리며 복역 중이던 그녀는 '임신 거부증으로 인한 심신미약 상태에서 이루어진 행위'라는 주장과 검사 측 소견도 일부 반영된 13년 형을 받았고 풀려난 뒤에도 꽤 긴 시간 치료를 받았다.

민이 홍 할머니를 다시 본 것은 뜻밖에 텔레비전 뉴스에서였다. 그녀는 자갈마당의 주상복합단지 신축에 반대하는 시위대에서 목소리를 높이고 있었다. 예전 사건을 기억하는 사람들은 홍 할머니가 아주 재미없는 삶을 이어가고 있거나 어쩌면 이미 죽었을 거라 생각했을 것이다. 시위 현장에서 팻말을 들고 서 있는 그녀의 모습은 사람들에게 전혀 예상하지 못한 반전을 제공했다. 그녀가 출소 후 유곽이자 사건 현장이었던 곳으로 돌아갔다는 것도 놀라운데, 그 장소가 유지되길 바란다는 것은 엄청난 반향을 일으켰다. 그리하여 그녀는 연일 화제의 중심에 있었고, 그런 홍 할머니는 개발 반대파에 막강한 힘을 실어주었다. 민은 그곳이 민간 개발에 의해 주상복합단지가 되는 것도 바람직하지 않다고 생각했지만, 그렇다고 성매매 집결지로 남아 있는 것은 더더욱 아니라고 생각했다. 그가 홍 할머니를 다시 한번 만나봐야겠다고 생각했을 때 선배로부터 두 번째 전화를 받았다. 민은 전에 약속을 지키지 못했다는 미안함도 있었고 10여 년의 시간이 흐른 지금까지도 자기 고향을 찾고 싶어하는 그 일본인에게서 진정성 같은 것을 느껴, 이번에도 기꺼이 그러겠다고 했다.

　민은 지나가는 사람들과 포주들의 호기심 가득한 시선을 받으며 자갈마당 입구에서 고레에다 씨를 기다렸다. 그가 다섯 번쯤 시계를 들여다보았을 때 선배에게서 전화가 걸려왔다. 고레에다 씨가 D시 공항에 도착해서 껐던 휴대전화를 켰을 때 부재중 전화가 여러 통 와 있었는데 확인 결과 부친이 위독하다는 내용이어서 부득이 일본으로 다시 돌아간다고 선배가 전해주었다. 일본인 특유의 공손함이 밴 말투로 거듭 미안하다고 했다 한다. 민은 사과하는 사람이 선배인 양 괜찮다고 했다. 거, 둘이 만나기 되게 힘드네. 저편에서 전화를 끊으며 중얼거리는 소리가 들렸다.

　내게는 이미 아이가 있었소. 그 아이만이 내 아이라고 생각했던 거요. 민이 오래 참았던 질문, 그러니까 아무리 임신거부증이라는 병에 걸렸다고는 하지만 성행위는 곧 임신 가능성으로 이어지는 것이 상식인데 그것을 몰랐다는 것이 도무지 이해되지 않는다고 물었을 때 홍 할머니는 그렇게 대답했다. 그러고는 어떤 기억 속으로 침잠해 들어가서는 오랫동안 말이 없었다.

*

너의 기억으로 너는 처음부터 여기 사람이었다. 어찌하여 이곳인지는 아무도 말해주지 않았다. 독립운동을 한 아비 때문에, 혹은 취직을 시켜준다는 말에, 또는 눈덩이처럼 불어난 빚 때문에 사람들은 여기로 왔다. 공통점이라면 모두가 일본과 관련 있다는 정도였다. 성곽의 흙을 가져다 저수지를 메운 것도 그들이었고, 그 땅 위에 유곽을 만든 것도 그들이었다. 말도 안 되는 것들이 현실이 되었다. 그때는 그랬다. 여기는 황무지야, 어머니는 자주 그렇게 말했지만 너는 그것이 무슨 뜻인지 알 수 없었다.

어머니는 인기가 많았다. 이곳의 많은 여자 중에 제일 얼굴이 수수하고 차림이 단정했는데, 그것이 이유라면 이유였다. 사람들은 굳이 여기까지 와서, 기어이 이곳 여자 같지 않은 어머니를 찾아냈다. 밤의 어머니는 바빴고 낮의 어머니는 잠들어 있었다. 너는 수시로 혼자였다.

유곽의 낮은 무덤처럼 고요했다. 모두가 마법에라도 걸린 양 잠에 빠졌다. 너는 아는 사람도, 갈 곳도 없었다. 잠든 유곽의 거리를 터벅터벅 걸었다. 그렇게 해가 지고 날이 갔다. 어김없는 시간은 그렇게 너에게도 흘렀다.

남자는 그림을 그리거나 눈을 감고 음악을 들었다. 조부모를 만나러 일본에서 왔다는 소문의 장본인이었다. 유곽 한가운데 볕 잘 드는 방이 그의 거처였다. 남자가 골몰해 그림을 그릴 때면 컬 굵은 곱슬머리가 앞으로 쏟아져 가끔 눈을 가렸다. 하얀 와이셔츠의 소매 끝에는 덧소매에도 불구하고 어김없이 그날의 물감이 묻어 있었다. 창밖으로 산책하는 네가 지나가면 남자는 꼭 손을 흔들어 알은체를 했다. 너는 무심하게 그 앞을 지나쳐 계속 걸었으나 어느 날부터는 계속 걸어서 그 앞으로 갔다. 너희는 모두가 잠든 낮에 깨어 모두가 깨어나는 밤에 헤어졌다. 너희 둘은 무덤 같은 그곳에서 유령처럼 만났다.

　어느 날 남자는 짙은 물감을 풀어놓은 양동이에 손목까지 푹 잠기게 너의 손을 담갔다. 짙은 초록이 양동이 가득 출렁였다. 미끈하고 진득한 물감이 너의 가는 손가락을 물들였다. 남자는 너의 손목을 들어 올려 도화지로 가져갔다. 너의 손가락이 열 개의 초록을 피웠다. 풀잎 같아, 네가 말했다. 너는 매일 풀을 그렸고 남자는 그 풀에 덧칠을 해 생동감을 주었다. 풀들은 남자를 만날 때마다 조금씩 키가 크고 짙어졌다. 언제부턴가 너의 가슴에도 푸른 잎사귀가 돋아났다. 잎사귀들은 나날이 무성해져 바람이 불 때마다 남자를 향해 누웠다 일어서곤 했다. 어느 것은 유독 번성해 찬란한 꽃을 피우기도 했다. 남자와 함께 있으면 이곳은 황무지가 아니었다. 푸르디푸른 초원의 한가운데였다.

*

왜 이곳에 남으려는 겁니까? 민이 묻자, 홍 할머니는 그제야 정신을 차린 듯 고개를 돌려 그를 보았다. 그리고 천천히, 그러나 단호하게 말했다. 돌아오겠다던 사람이 있소. 홍 할머니는 그렇게 말했다. 이어질 이야기를 기다렸으나 그게 끝이었다.

아내의 전화를 받은 건 그때였다. 아내는 다짜고짜 '우리 아이' 얘기를 했다. 아내가 임신을 포기하고 입양으로 마음을 돌리기까지 오랜 시간이 걸렸다. 엄청난 신체적 고통과 금전적 지출이 있었다. 그녀는 숱한 눈물과 절망 뒤에 마음을 바꿨다. 그렇지만 민은 '우리 아이'라는 아내 말을 믿지 않았다. 아내의 '우리 아이'는 자주 '다른 아이'였기 때문이다. 그 아이, 실은 전에도 본 적이 있어. 보육원 봉사 다닐 때 유난히 이목구비가 뚜렷하고 하는 짓도 예뻐서 기억에 남는 아이였거든? 그런데 그 아이를 다시 만난 거야. 다른 보육원에서. 뭐라구? 글쎄, 나도 걔가 왜 여기 있는지는 잘 모르겠어. 아무튼, 반가워서 아이를 안고 많이 놀아줬거든? 그러다가 준비한 선물을 가지러 밖으로 나가는데 애가 나만 졸졸 따라다니지 않겠어? 그러고는 내 치맛자락을 잡고 흔들면서 뭐라 그랬는지 알아? 아내는 가슴이 벅찬지 크게 숨을 내쉬더니 말했다. 엄마, 래. 당신, 듣고 있어? 내게 엄마라고 했다구.

엄마! 아내가 꿈에서도 듣고 싶던 말이었을 것이다. 민은 아내의 설렘이 짐작되고도 남았다. 자신의 가슴팍으로 파고드는 아이 하나를 얼마나 가지고 싶어했던가. 민은 최대한 빨리 집에 가겠다며 전화를 끊었다.

*

초원은 영원히 푸르지 못했다. 남자의 나라에 원자폭탄이 뿌려지고, 일본은 패망했다. 쓸어버린 것처럼 이 땅에서 일본인이 사라지기 시작했다. 남자가 너의 손을 잡아끌었다. 불현듯 그 힘에서, 강제로 징용되거나 납득할 수 없는 이유로 총살당한 사람들이 떠올랐다. 말과 글을 잃고 종국에 자신마저 잊어가던 자들의 얼굴을 생각했다. 돌아오지 않는 여자들, 그 여자들에 관한 흉흉한 소문이 너는 두려웠다. 그 땅에서는 남자도 그들과 같아질까 너는 무서웠다. 그들이 득실거리는 땅에서 살아갈 자신이 없었다. 어머니를 혼자 둘 수도 없었다.

남자는 절망적으로 너의 손을 놓았다. 그리고 이 아수라장 속에서도 맑은 잠에 빠진 아이를 바라보았다. 너도 자신의 품에서 잠든 아이를 내려다보았다. 너는 아이를 감쌌던 팔을 풀어 남자에게 건넸다. 남자가 아이를 안으며 네게 말했다. 주변이 너무 소란스러워 목소리는 들리지 않았다. 그러나 너는 남자의 입 모양을 단단히 기억했다. 시간이 없었다. 그렇게 남자와 아이가 떠났다.

그들이 떠나고 얼마 지나지 않아 이번엔 이 나라에 전쟁이 났다. 사람들은 서로에게 성이 나 어쩔 줄을 모르는 것 같았다. 너는 아이를 보낸 것을 후회하지 않게 되었다. 위쪽에 살던 사람들이 전쟁을 피해 아래로, 아래로 내려왔다. D시로 사람들이 몰려들었다. 네가 사는 주변 전체가 커다란 장터로 변했다. 그때는 이상하리만치 자주 비가 내렸고 그래서 땅이 질었다. 후회하지 않는다고 해서 슬프지 않은 것은 아니었다. 너는 비와 함께 울었고 마음이 젖었다.

사람들이 어딘가에서 자갈을 가져오기 시작했다. 자갈들

이 보드랍고 추진 흙 위를 조금씩 덮어갔다. 마침내 조금의 틈도 없이 자갈이 깔렸을 때, 너는 더 이상 울지 않았다. 사람들은 이곳을 자갈마당이라 불렀다. 어머니 말이 맞았다. 여기는 황무지였다.

*

 홍 할머니의 여인숙을 나왔을 때 막 어둠이 내리고 있었다. 민은 걸음을 멈추고 홍 할머니의 여인숙을 돌아보았다. 스멀스멀 내려앉는 석양을 등지고 아련하게 서 있는 '라스베이거스 여인숙'은 황량한 사막 한가운데 서 있는 것처럼 아득하고 갸륵했다. 그렇게 그 어색한 이름값을 하고 있는 듯도 했다. 후텁지근하고 들큼한 공기가 몸을 휘감았다. 여름이었고 습했다. 향기라 말하기엔 망설여지는 냄새가 허공에 떠다녔다. 희한하게도 그것이 민의 심금을 건드렸다. 거리에는 아직 팔 것이 남은 여자와 무엇도 갖지 못한 사내가 서성였다. 도시가 숨을 멈추고 어둠에 잠기면 부유하던 영혼들이 이곳으로 숨어들었다. 도시의 이방인과 황무지의 주민이 뒤엉켜 잠드는 곳, 이곳은 세상 어느 근원에도 닿아 있는 것 같지 않았다. 아침이면 멀쩡히 햇빛 속으로 출근하는 그들은 이제, 돌아갈 황무지마저 잃어버릴지 모른다. 홍 할머니는 '라스베이거스 여인숙' 간판 아래 서서 오래도록 주름진 손을 흔들었다. 그것이 민이 본 마지막 모습이었다.

아내는 먼저 와서 민을 기다리고 있었다. 연한 베이지색 정장이 단아했다. 오늘은 그 '우리 아이'를 집으로 데려오는 날이었다. 아내의 얼굴엔 비장감마저 돌았다. 아내가 서류에 사인을 하는 동안 아이가 민의 손을 꼭 잡았다. 민은 벌써 아이에게 정이 들고 있었다. 차 뒷좌석에 나란히 앉은 아이와 아내는 서로를 마주 보며 웃었다. 이 녀석 정말 미남이지 않아? 아이돌을 시켜야 할까? 아내가 실없는 소리를 하며 깔깔거렸다. 민과 아이의 시선이 룸미러에서 마주쳤다. 아이는 얼른 바닥으로 시선을 돌렸다. 민은 피식, 웃었다.

*

너는 우연히 라스베이거스에 대한 다큐멘터리를 보게 되었다. 손톱만 한 달이 그림처럼 떠 있는 밤이었다. 그곳이 처음엔 황무지였다는 것을 알고 너는 놀랐다. 사막 위에 그토록 화려한 도시가 생겨났다는 것이 너는 참 신기하고 좋았다. 그때 너는 이런 생각을 했다. 누군가의 인생도 여흥처럼 오락처럼 매일이 저러하면 좋겠다, 날마다 잭팟이 터지고 축제가 열리는 그런 삶이라면 사막이라도 괜찮겠다. 모하비 사막 위에도 스물네 시간 불이 꺼지지 않는 도시가 생겼는데, 이 황무지에서 평생을 보낸 나도 그런 소망 하나쯤은 품어도 괜찮지 않을까? 그렇게 자문했다. 너는 라스베이거스라는 단어가 좋았다. 라스베이거스, 라스베이거스 자주 그렇게 중얼거렸다. 마치 수리수리 마하수리나 아브라카다브라처럼 무슨 주문 같았다. 그렇게 가만가만 읊조리면 견디기가 수월했다. 먼저 죽어간 아이들의 얼굴도, 이제 그만 끝내고 싶은 기다림도, 다 참을 수 있었다. 철길 위에 차단기가 올라가듯 언젠가는 네게도 그런 날이 올 거라고, 그렇게 버티고 버티면 너 같은 늙은이에게도 구원 같은 순간이 있을 거라고 믿고 싶었다.

*

라 스 베 가 스 요 인 슈 쿠. 고레에다 씨가 민의 손에 있는 간판을 보았다. 한국말, 아시네요? 와타시노 나마에와 초원데스 私の名前は草原(チョウォン)です, 제 이르믄 초원이무니다. 대답 대신 고레에다 씨는 그렇게 말했다. 아버지눈 나

와 둘이 있을 때믄 카즈나리라는 이르무 대신 늘 초원아, 하고 불러쓰무니다. 초원, 이 한국말이라는 거슬 알고 틈틈이 공부 했쓰무니다. 대단히 유창하다고 민이 칭찬하자, 그는 나이답지 않게 손사래를 치며 수줍어했다.

아버지는 일할 때를 빼면 정원을 가꾸는 일에 몰두해쓰무니다. 일본시쿠 정원은 세계저구로 유명하지요. 구론데 우리나라 정원의 특징이라고 할 수 있는 모레 무늬라든가 죠그만 욘못, 징검돌 대신 오직 화초만 가쿠셔쓰무니다. 고레에다 씨는 우리말로 계속 이야기했다. 겨울에 사그러들었던 풀드리 봄이몬 자라기 시작해 계절을 거듭하면서 무성해좃지요. 시간도 이즌 채 풍성해진 풀드르 보던 아보님의 모습이 떠오르무니다. 석양을 정몬으로 맞는 그 얼굴에는 어똔 회한 같은고시 서려이쏫지요. 그는 조금 뜸을 들이더니 말을 이어갔다.

언젠가 어모니 친구분이 개를 데리고 놀로 오셨는데 오랜만에 친구를 만난 우리 집 개와 그 개가 정원을 옹망으로 만든 적이 있쏫지요. 퇴근하고 돌아오신 아보님이 목쥴 채로 개를 끌어올려 돈저버렸써요. 허공에서 대롱고리며 발버둥 치는 개를 바라보는 아보님의 눈빛에 자비라고는 죠금도 찾아볼 수 업서쓰무니다. 우리와 같이 산 지 십 뇬이 넘은 그가조쿠 같은 개에게 말이지요. 고레에다 씨는 아직도 그 일이 놀라운지 얼굴이 상기되었다. 그 일이 있쓴 뒤부터 어모니눈 정원에눈 아예 관심을 가지지 않았고 그곳은 더욱 아보님의 은미루한 공간이 되어쓰무니다. 아보님이 나를 초원아— 하고 부루시는 때눈 늘 정원에서요꼬, 시선은 내가 아니라 풀들을 향해 있었기 때문에 그 이르믄 바람쵸럼 실체가 없었쓰무니다.

고레에다 씨는 초원의 한국어 뜻을 찾아보며 자신의 고향이 그런 곳이 아닐까 상상했다고 한다. 수수나 밀 따위가 사람 키만큼 훌쩍 자라 빼곡히 들어서 있는, 그 일렁이는 초록이 금빛으로 물들어가는 아름다운 풍경을 떠올렸다고 했다. 그래서 그는, 자신의 고향이 얼마 전까지도 성업 중이었던 유명한 유곽이라는 사실에 적잖이 당황한 모습이었다. 민이 들고 있는 간판을 턱으로 가리키며, 라 스 베 가 스 요 인 슥 쿠, 참 재미있눈 이르무 이무니다. 그는 고향에 대한 실망을 들키지 않으려 어색하게 웃었다. 우여곡절 끝에 찾은 고향은 고레에다 씨에게 이렇다 할 감동을 주지 못한 것 같았다. 그는 곧 자신의 나라로 돌아갔고, 민의 아내는 세 번째 '우리 아이'를 파양했다.

*

민이 객실 문을 열었을 때 뜻밖에도 아내가 서 있었다. 아내는 검지와 중지 사이에 끼운 종이를 민을 향해 흔들었다. 그들의 이혼이 법적으로 성립되었다는 서류였다. 이걸 주려고 여기까지 올 필요는 없지 않아? 그냥, 오고 싶었어. 아내는 점퍼 주머니에 손을 넣으며 시큰둥하게 말했다. 그러고는 방으로 성큼성큼 들어와 침대에 털썩 앉았다.

왜, 이혼하자고 했어? 민은 어이가 없었다. 기다렸다는 듯이 그러자고 했던 아내였다. 그게 지금 중요해? 중요해! 아내가 민의 눈을 똑바로 바라보았다.

더 이상 아이들의 인생이 당신 기분에 의해 좌지우지되는 게 싫었어. 당신이 어떤 상처를 주고 있는지, 정말 몰라서 그래? 민의 목소리가 커졌다. 그냥, 우리랑 맞지 않아서 그래. 그래서 그랬어. 아내는 좀 전과 달리 야단맞은 아이처럼 말했다. 민은 걷잡을 수 없이 화가 났다. 맞지 않을 뿐이라고? 우리랑 맞는 아이는 누군데? 그건 당신이 낳은 아이겠지. 그럼, 그때까지 그 불쌍한 아이들을 샀다가 반품하는 짓거리를 계속할 거였어?

아내가 벌떡 일어서며 소리쳤다. 그래, 그럴 거야. 난 내 아이를 가질 거야. 나를 엄마라고 부르는 그런 아이를 가지고 말 거야. 그게 뭐! 그게 어때서! 내 몸이 생명을 못 만드는데 살아있다고 할 수 있어? 내가 싹을 틔운 생명이 아닌데 그게 정말 내 거야? 이따위 도시와 뭐가 달라? 화려하게 번쩍거리면 다야? 이 땅에 생명이란 게 있어? 스스로 키워낸 게 있냐구? 그럴듯해 보인다고 다 진짜가 아냐. 난 진짜이고 싶어. 나를 엄마라고 부르는 진짜 아이를 갖고 싶어! 너를 엄마라고 부르는 아이, 가졌었잖아. 그 애는 다르다고, 진짜 우리 아이라고, 당신이 그랬잖아. 민은 이제 거의 애원조가 되었다.

놀이터였어. 어떤 여자가 우리 애가 귀엽다며 번쩍 들어 올려 안았어. 그러고는 한참 이뻐하더라구. 나는 괜히 뿌듯해져서 그 모습을 지켜보고 있었어. 그랬는데, 그랬는데 걔가 뭐랬는지 알아? 당신이 아냐고? 엄마래, 그 여자한테. 그러면 안 되는 거잖아. 엄마는 나잖아. 나한테만 그래야 하는 거잖아, 진짜 내 아이라면! 아내는 얼굴을 감싸고 주저앉았다.

라스베이거스를 떠나는 날, 민은 아내와 투어버스에 올랐다. 출국 시간이 많이 남기도 했거니와 이혼한 부부가 호텔방에 같이 있는 것도 영 어색했다. 그들은 운 좋게 버스 맨

앞자리에 앉았지만 그리 기쁘지는 않았다. 민이 호텔 발코니에서 수없이 보았던 벨라지오 분수를 지나자 다양한 웨딩채플들이 나타났다. 턱시도와 웨딩드레스를 입은 신랑 신부들이 자주 보였다. 민은 고개를 돌려 아내를 보았다. 아내도 밖을 보고 있었지만 딱히 무엇을 보고 있는 것 같지는 않았다. 그녀는 다시 결혼을 할까, 그 남자와는 아이가 생길까. 민은 도리질을 했다. 쓸데없는 생각. 그러면서도 생각은 꼬리를 물고 이어졌다. 아내가 아이를 가지게 된다면, 정작 황무지는 나였던 셈인가.

그들을 제외한 승객들은 모두 들떠 보였다. 낯선 언어로 말하는 관광객들의 목소리에 민은 피로감을 느꼈다. 탑승하면서 받았던 이어폰의 비닐을 벗겼다. 한국어 버전 오디오 가이드를 선택하고 귀에 꽂았다. 비로소 익숙한 언어가 들렸다.

"라스베이거스는 밤새 조명이 꺼지지 않는 유흥과 도박의 도시이자, 뉴욕에 뒤지지 않는 맛집과 뷔페가 즐비한 미식의 도시입니다. 카지노와 함께 화려한 쇼, 유명 셰프들의 레스토랑까지, 여행의 오감을 만족시키는 미국의 대표 관광지입니다. 그랜드캐니언이 인접해 있어 유흥뿐만 아니라 웅장한 자연경관까지 자랑합니다."

오랜만에 모국어를 접하자 민은 긴장이 풀렸다. 이어서

졸음이 쏟아졌다. 그는 우스울 만큼 앞뒤로 크게 고개를 꺾으며 잠에 빠졌다. 아내가 손을 뻗어 자신의 어깨에 민의 고개를 얹었다. 아내는 자기 어깨와 민의 머리 사이에 낀 이어폰을 빼서 자신의 귀에 꽂았다.

"1700년대 초에 에스파냐인들이 부근 지역을 발견하고 요새를 지었으나 인디언들이 그것을 파괴하였습니다. 이곳을 처음 발견한 에스파냐인들이 지은 이 계곡의 이름 라스베이거스는, 에스파냐어로 '초원'이라는 뜻입니다."

민은 이제 되돌아갈 수 없는 그녀에게 기대 모처럼 깊은 잠에 빠졌다. 아내는 라스베이거스의 유래를 들으며 시선을 다시 창밖으로 돌렸고, 버스는 카지노의 불빛들을 가르며 천천히 앞으로 나아갔다.

천사의 손길

남자는 욕의 질감을 살릴 줄 아는 사람이었다. 썅—은 길고 늘어지게, 년아—는 짧고 신속하게 발음함으로써 상대에게 적당한 모욕감과 충분한 공포를 느끼게 했다. 그는 택시를 기다린 지 3분이 지났다고 말했다. 3분요? 경숙이 되묻자 그때부터 남자의 융숭한 욕의 향연이 시작되었다. 지독한 욕을 해대면서도 남자는 언성을 높이거나 목소리가 흔들리지 않았다. 위험한 사람이라는 것을 본능적으로 알 수 있었다. 죄송하다고, 경숙은 최대한 죄송하게 들릴 수 있게 말했다.

그녀의 불면은 불치에 가까웠다. 선호를 잃고 시작된 불면에는 어떤 약도 듣지 않았다. 밤을 낮과 같이 명징한 정신으로 견디는 것은 쉬운 일이 아니었다. 그런 밤이 오 년째 이어지자 경숙은 차라리 그 시간에 돈이라도 벌자 싶었다. 남편의 부담도 덜고 선호를 잃는 데도 도움이 될 것 같았다. 그러나 사람들과 부대낄 용기가 나지 않았고, 밤에 여자가 할 수 있는 일에는 한계가 있었다. 그래서 찾은 것이 '천사 호출'이었다. 승객과 빈 택시를 연결하는 일이었는데, 앱을 이용한 택시 호출이 일반화된 요즘에 몇 남지 않은 아날로그 방식의 택시호출서비스였다. 밤 열한 시부터 새벽 네 시까지, 아무도 없는 사무실에서 전화를 받고 모니터를 보기만 하면 되었다.

익명이 주는 편리가 그녀에게만 해당되는 것이 아니라는 것을 안 것은, 일을 시작하고 얼마 지나지 않아서였다. 경숙이 처음부터 손님에게 고분고분했던 것은 아니었다. 처음에는 같이 막말을 하며 수화기를 집어 던지기도 했다. 될 대로 되라는 심정이었다. 아니, 차라리 잘됐다고 생각했는지도 몰랐다. 누구를 향한 것인지도 모르는 화를, 누구인지도 모르는 사람에게 소리를 지르며 풀었다. 그러던 어느 날이었다. 너 거기서 딱 기다려, 내가 찾아갈 테니까! 수화기 저편의 목소리가 그렇게 말하며 전화를 끊었다. 그리고 몇 시간 뒤 처음 보는 그 목소리의 주먹이 경숙의 얼굴로 날아들었다. 넘어진 그녀를 발로 걷어찼다. 경숙은 자근자근 밟혔다. 그가 폭력을 멈춘 것은 웃음 때문이었다. 맞을수록 경숙의 웃음소리가 커지고 있다는 걸 깨달은 목소리는 발길질을 거뒀다. 이런 미친, 그는 서둘러 사무실을 떠났다. 목소리가 떠나고도 한참을 경숙은 웃었다. 자꾸 웃음이 났다. 완벽하게 숨는 것은 불가능해, 경숙이 중얼거렸다. '천사 호출'을 검색 창에 써넣고 엔터키 한 번만 누르면, 주소에다 위치까지 정확하게 알 수 있는 세상이었다. 찾아내는 건 일도 아냐, 배를 움켜쥐었다. 아픈 건지, 웃긴 건지 헷갈렸다. 다리를 뻗고 천장을 향해 똑바로 누웠다. 이런 세상에서 우리 선호는, 도대체 어디로 사라진 걸까. 더 이상 우습지 않았다. 그제야 경숙은 시멘트 바닥의 한기가 느껴졌다.

"우리 엄마 좀 불러주세요."

꼬마 목소리에 경숙은 짜증이 일었다. 방금까지 모르는 남자에게 진탕 욕을 먹었는데, 아이의 장난 전화까지 상대하려니 급속하게 피곤해졌다. 두강 위브더 제니스 109동. 전화선과 연결된 모니터에 화면이 떴다. 이 도시에서 가장 고급이라는 아파트였다. 벽시계는 새벽 세 시를 향해 가고 있었다. 한 시간만 견디면 된다, 경숙은 마음을 가다듬었다. 아이의 전화는 처음이 아니었다. 종종 이 시간에 전화를 걸어와 자기 엄마를 불러달라고 졸랐다. 경숙은 그럴 때마다 슬그머니 수화기를 내려놓았다. 어린애의 말도 안 되는 얘기를 듣고 있고 싶지 않았다. 일단 말을 섞으면 계속 귀찮게 굴 게 뻔했다.

"잠깐, 잠깐만요. 제발 끊지 마세요!"

꼬마가 간절하게 외쳤다. 수화기를 내려놓던 경숙의 손이 멈칫했다. 그것은 전단지에 실린 선호 얼굴을 대충 보고 지나치는 사람들에게 그녀가 숱하게 애원하던 말이기도 했다. 잠깐, 잠깐만요. 제발 한 번만 더 봐주세요!

*

경숙이 선호를 데리고 함께 뮤지컬을 본 날이었다. 뮤지컬이라 부르기도 머쓱할 만큼 동네 문화센터의 그것은 허술했지만, 선호는 즐거워했다. 쪽 찐 머리의 며느리 탈을 뒤집어쓴 배우가 방귀를 뀔 때마다 손뼉을 치며 깔깔댔다. 공연이 끝나도 꼼짝하지 않고 기다렸다가 그 배우가 인사를 하러 무대에 오르자 기어이 기념사진까지 찍고 난 뒤 공연장을 나왔다.

더워! 차에 타자마자 선호는 손으로 부채질을 했다. 아닌

게 아니라 정말 더웠다. 더위를 피해 일부러 지하에 차를 세웠지만 차 안 공기는 숨이 막혔다. 바깥 날씨가 짐작되고도 남았다. 경숙은 에어컨의 바람 세기를 가장 강하게 조절했다. 고개를 돌려 아이에게 금방 시원해질 거라고 말하며 윙크했다. 선호가 입 모양으로 뽀뽀를 보냈다.

경숙과 선호는 빙수를 포장해 집으로 가기로 했다. 오래된 동네 빵집이었는데, 팥과 우유로만 맛을 낸 깔끔한 빙수가 그들의 입맛에 맞았다. 유명 프랜차이즈의 요란한 맛에 질린 사람들이 SNS에 이 집 빙수를 올리기 시작하면서 최근 손님이 늘었다. 빵집에 도착했을 때 뒷좌석의 선호는 어느새 잠들어 있었다. 조그만 콧구멍으로 옅은 숨을 규칙적으로 내쉬었다. 꽤 깊은 잠이었다. 선호야, 선호야. 경숙이 불렀지만 깨지 않았다. 어깨를 흔들자 양 눈썹 머리를 구기며 귀찮아 했다. 밖은 여전히 더위가 대단했다. 경숙은 잠든 선호의 얼굴을 다시 보았다. 방귀쟁이 며느리라도 만나는지 양 입꼬리를 올리며 미소 지었다. 시동을 끄면 차 안은 찜통이 될 터였다. 경숙은 에어컨을 적당한 온도로 맞추고 시동을 켠 채로 두었다. 가방에서 지갑만 꺼내 차에서 내렸다. 그녀는 짙은 선팅의 차창에 붙어 서서 잠든 선호를 한 번 더 바라보았다. 그러고는 빠르게 빵집을 향해 걸었다.

빵집 안은 한산했다. 최근엔 웨이팅이 기본이었는데 다행이었다. 계산대에는 테이크아웃 빙수 컵을 받아 들고 계산하는 여자 하나밖에 없었다. 경숙은 여자 뒤에 섰다. 삼십대 초반처럼 보이는 여자는 돈을 내밀며 말했다. 현금영수증요. 그리고 전화번호를 불러주었다. 팔육이이, 요? 아르바이트로 보이는 어린 여자애가 되물었다. 아니요 팔, 육, 일, 이, 요! 여자가 또박또박 끊어 다시 말했다. 경숙은 가게 밖을 보았다. 건물 모퉁이에서 꺾어지는 위치에 자리한 이 가게에서는 도로변의 경숙 차가 보이지 않았다. 경숙은 목까지 채운 원피스의 단추 하나를 풀었다. 여자가 거스름돈을 돌려받자 경숙은 계산대로 바짝 다가갔다. 컵 빙수 두 개를 주문하며 카드를 내미는 손 위로 조금 전 여자의 손이 포개졌다. 여자는 명함 크기의 종이를 내밀며 말했다. 그리고 이것도요. 열 번을 오면 열한 번째는 공짜로 먹을 수 있는 쿠폰이었다. 아르바이트생이 경숙의 돈을 받다 말고 여자의 쿠폰에 도장을 꾹, 찍었다.

한 손엔 지갑을 다른 손에 빙수 두 개를 넣은 캐리어를 들고 조심스럽게, 그러나 거의 뛰듯이 차가 있는 곳으로 갔다. 경숙은 자신의 차가 있던 자리에 서서 두리번거렸다. 이 상황이 퍼뜩 이해가 되지 않았다. 그러니까, 없었다. 자신의 차도, 아들 선호도 보이지 않았다. 선호야, 경숙이 중얼거렸다. 팔월의 아스팔트 위로 빙수가 쏟아졌다. 보도블록에 우윳빛 얼음이 녹아내렸다. 살 오른 통팥이 조그만 무덤처럼 쌓였다.

*

 꼬마의 전화는 계속되었다. '엄마 좀 불러주세요, 네?'로 시작해서 '잠깐 잠깐만요.'로 끝나는 똑같은 패턴이었다. 그날, 경숙은 전화를 그냥 내려놓지 못했다. 꼬마의 흐느낌 때문이었다. 엮이지 말아야 한다고 생각하면서도 아이의 울음에 마음이 약해졌다. 이쯤 되니 장난 전화의 이유도 알고 싶었다. 꼬마가 경숙에게 밤마다 전화를 걸게 된 사연은 이랬다.

 아이는 이모님과 유치원에 가는 길에 아파트 담벼락에 붙어 있는 '천사호출' 전단을 보았다. 늘 그 광고를 보면서도 '천사'는 알았지만 '호출'이 뭔지는 몰랐다. 그러던 어느 날 아이는 유치원 선생님께 그 뜻을 물어보았다. 선생님은 그것이 "어떤 사람을 내게 오도록 불러내는 것"이라고 대답했다. 엄마는 천사가 되었다던 아빠의 말이 생각났다. 그러나 아빠가 깨어 있는 시간에는 전화를 걸 수가 없었다. 엄마의 '엄'

만 꺼내도 얼굴이 어두워지는 아빠를 알기 때문이었다.

그런데 네 엄마를 왜 여기서 찾아? 아이의 사연이 안타깝긴 했지만, 경숙은 '호출'과 '엄마'가 무슨 상관인지 알 수 없었다.

"아줌마가 엄마를 좀 '호출'해주세요. 거기가 '천사 호출'이잖아요."

아이 아빠는 엄마가 천사이기 때문에 같이 살 수가 없다고 꼬마에게 말했다고 한다. 잘 알지도 못하면서 자신의 전화를 장난이라 여긴 경숙을 원망하는 투로 꼬마가 말했다. 아이는 정말 엄마가 천사라고 믿는 걸까. 어쩌면 그럴지도 모른다. 선호는 늘 자신이 바라던 선물을 정확하게 배달하는 산타를 석연치 않아 했지만, 산타할아버지의 존재마저 불신하지는 않았다. 꼬마는 막 다섯 살이 되었다고 했다. 그럴 수 있는 나이였다.

그날 이후부터 경숙은 지금은 날개 손질 중이래, 또는 불쌍한 사람 도우러 출동했다는데? 등, 엄마를 호출해줄 수 없는 이유에 대해 말도 안 되는 핑계를 대면서 아이와 통화를 이어갔다. 그런 날이 거듭되자 꼬마는 이제 엄마보다 경숙과의 대화를 더 좋아하는 것 같았다. 자신의 짝꿍이 특별한 날도 아닌데 드레스를 입고 유치원에 왔다거나, 아빠의 요리에는 이상한 맛이 난다는 말도 했다. 시시한 얘기들이었지만 들어줄 만했다. 며칠 동안 전화가 오지 않으면 슬그머니 기다려지기까지 했다.

"아줌마는 낮에 뭐 해요?"

꼬마가 물었을 때 경숙은 금방 대답하지 못했다. 암막 커튼이 드리워진 방에서 웅크리거나 누워 있는 게 다였다. 텔레비전을 켜지도 않았고 외출도 안 했다. 그러다 보니 몇 없던 친구마저도 관계가 끊어졌다. 남편이 봐온 식료품들을 뒤져 저녁을 차려놓고 나오는 것이 집에서의 유일한 일과였다. 그나마 밥상을 차리기 시작한 지도 불과 얼마 전부터였다. 세상이 어떻게 돌아가는지 알고 싶지 않았다. 그녀의 목표는 오로지 '살아 있는 것'이었다. 더 정확히는 '죽어질 때까지 살아 있는 것'이었다. 자식을 잃은 엄마는 간단히 죽으면 안 될 것 같았다. 쉽게 고통을 끝내는 것은 죗값을 치르지 않는 것이라 생각했다. 한 생애를 죽도록 버티는 것, 그것만이 선호를 잃은 죄의 형벌이라 생각했다.

구미호 같아. 선호를 잃은 뒤 경숙은 그렇게 말하던 새엄마가 떠올랐다. 아버지가 잠시 화장실을 간 사이 뭉티기 고기를 소스에 찍어 연신 입으로 가져가는 중학생 경숙을 향해 새엄마는 구미호 같아, 그렇게 말했다. 유난히 육사시미를 좋아하는 경숙을 위해 아버지가 특별히 좋은 고기로 부탁해 놓은 단골식당에서였다. 경숙은 그 말이 무슨 뜻인지 생각하느라 젓가락질을 멈추고 새엄마를 보았다. 구미호 몰라, 구미호? 어린애 간 빼 먹는다는 구미호 말이야. 너 그거 먹는 모습이, 꼭 구미호 같다고. 입술은 왜 그렇게 빨개가지고. 경숙은 유난히 입술 색이 붉었다. 학생이 벌써 화장을 하고 다닌다며 교무실에 불려 갈 정도였다. 동생은 내가 알아서 잘 볼 테니까, 넌 앞으로 그 옆에 가지도 마. 괜히 불길하다 얘. 얼마 전 새엄마는 아기를 낳았다. 새엄마에게는 노력해도 애틋한 감정이 생기지 않았지만 동생은, 예뻤다. 학교에서 돌아오면 가방을 팽개치고 아기부터 안았다. 어린 경숙은 솜털이 가득한 투명한 얼굴에 연신 뽀뽀를 해대었다. 여기 오길 잘했어요, 여보. 우리 경숙이가 얼마나 맛있게 먹는지, 보고만 있어도 흐뭇하네요. 자리로 돌아온 아버지에게 새엄마는 비음 가득한 목소리로 그렇게 말했다.

"아줌마, 그럼 우리 집에 놀러 오세요."

경숙은 그러겠다고 약속을 해버렸다. 아닌 게 아니라 꼬마가 궁금하던 참이었다. 5년 만의 낮 외출이었다. 꼬마는 얼굴도 몸도 동글동글한 아이였다. 반짝이는 눈동자가 그 나이다웠다. 아이의 집은 깔끔했고 부유해 보였지만 온기는 없었다. 이분은 이모. 꼬마가 이모님과 경숙을 번갈아보며 소개했다. 진짜 이모라기보다 집안일을 봐주는 사람 같았다. 살짝 고개를 까닥이던 여자가 뒤돌아서 어디론가 전화를 걸었다. 소리가 새지 않게 손으로 전화기를 감싸고는 낮게 뭐라고 속삭였다.

꼬마는 푸른색 벽지가 발린 전형적인 사내아이 방으로 경숙을 데려갔다. 그리고 책장에서 블루마블 게임을 꺼내왔다. 연예 엔터테인먼트에 관한 것이었다. 소속사 가수의 곡이 표절 시비에 걸려 경숙은 돈의 일부를 잃었다. 다시 돈을 좀 모으는가 싶었는데 마지막에 아이돌 출신 영화배우의 학폭 동영상이 유출되는 바람에 가진 돈을 모두 날렸다. 이게 뭐야, 경숙이 웃음을 터뜨렸다. 아이는 이겨서 신이 나 보였다. 경숙은 문득 깔깔거리며 꼬마와 하이 파이브를 하는 자신이 낯설게 여겨졌다. 서둘러 자리에서 일어났다. 구두를 신고 막 현관 손잡이를 돌리는데, 밖에서 디지털 잠금장치의 버튼을 누르는 소리가 들렸다. 경숙이 문을 미는 것과 동시에 상대가 밖에서 잡아당기는 바람에 경숙의 몸이 홱 남자에게 쏠렸다. 남자의 얼굴과 거의 닿을 지경이었다. 아빠! 반가움이 묻은 목소리가 뒤에서 들렸다. 이모님이 급히 전화를 건 사람이 그였던 모양이었다. 남자의 눈은 잔뜩 경계심을 품고 있었다. 경숙을 단숨에 파악하겠다는 듯 바쁘게 훑었다. 그러나 화장기 없는 깨끗한 얼굴과 붉은 입술, 회색 톤의 정장 원피스 차림의 경숙은 어느 정도 그를 안심시킨 것 같았다. 인사를 하고 나서는 경숙의 등 뒤로 남자의 시선이 느껴졌다. 그는 무슨 말인가를 하려다가 그만두었다.

*

낮엔 거의 꼬마 집에서 시간을 보냈다. 아이가 원하기도 했지만 경숙도 꼬마와 보내는 시간이 좋았다. 간식을 만들어 같이 먹기도 했고 꼬마의 숙제를 돕기도 했다. 유치원 숙제는 생각보다 어른 손이 많이 필요했다. 표정이 밝아지고 유치원 생활에 적극적으로 참여한다는 유치원 선생님의 말을 남자가 그녀에게 전했다. 경숙은 그가 퇴근하면 그제야 천사호출로 출근했다. 아이는 자주 가지 말라며 매달렸고 남자는 그런 아이를 안으며 경숙을 보냈다. 그 광경에 모두가 조금씩 익숙해지고 있었다.

어느 날 꼬마의 울먹이는 목소리가 새벽 사무실의 정적을 깨웠다. 그러지 마, 글쎄 아니라니까. 아이와 남자의 음성이 전화기 밖에서 섞였다.

"죽은 거라면서요? 친구가 그랬어요. 죽은 거라고. 너희 엄마는 죽었다고!"

집에 놀러 온 아이 친구가 엄마가 보이지 않아 어딨느냐고 물었는데, 꼬마가 우리 엄마는 천사라서 같이 살지 않는다고 대답한 것이었다. 친구가 그런 건 없다고 바보라고 아이를 놀렸다. 천사가 왜 없어, 천사 있어. 꼬마를 달래는 남자의 목소리가 들렸다. 그도 곧 울 것 같았다. 그 순간, 경숙은 잠자코 쥐고 있던 수화기에 대고 중얼거렸다. 아냐, 죽은 거 아니야. 그녀의 목소리가 점차 커지는가 싶더니 급기야 그 소리는 고함으로 변해갔다. 아니라고, 죽은 거! 죽지 않았다고!

선호는 발견되지 않았다. CCTV 어디에도 선호는 없었다. 목격자도 용의자도 없었다. 어떻게 그럴 수가 있는지 희한했다. 거의 증발 수준이었다. 남편과 경숙은 차량에 현수막을 달고 전국을 돌아다녔다. 선호와 관련된 사소한 제보에도 땅의 끝까지 달려갔다. 인터넷에 사연을 올리기도 했고, 기자들을 만나기도 했다. 언론에 알려지며 관심을 얻기도 했지만 끝까지 선호는 나타나지 않았다. 이도 저도 아닌 날에는 전단을 들고 거리에 나섰다. 하지만 어디에서도 선호를 찾을 수 없었다. 삼 년이 지나자 돈이 바닥났고, 남편은 다시 일을 시작했다.

경숙은 혼자 거리로 나갔다. 주말엔 남편도 합세했지만 예진 같지 않았다, 소득 없는 세월이 흘렀다. 잊자, 남편이 말했다. 경숙은 그의 뺨을 후려쳤다. 너나, 너나 잊어! 경숙은 납득할 수 없었다. 입꼬리를 올리며 잠든 선호의 모습이 잡힐 듯 생생한데 잊자니, 몸이 떨렸다. 경숙은 화가 나서 견딜 수 없었다. 전단을 대충 보는 사람들에게도 화가 나고, 엄마 손을 잡고 걷는 모자에게도 화가 났다. 빙수를 사며 공짜 쿠폰을 찍던 여자에게도 미친 듯이 화가 치밀었다.

남편은 현실로 돌아갔고, 아들은 나타나지 않았다. 그때 누군가 말했다. 무당을 한번 찾아가봐. 신 내린 지 얼마 안 된 무당이 있다고 했다. 그럴수록 영험하다고도 했다. 경숙은 선호만 찾을 수 있다면 귀신이라도 만나고 싶었다.

"바다야! 파도가 친다. 어린애가, 어찌 저리 섧게 우나!"

빨간 립스틱을 바른 젊은 무당은 그렇게 말했다. 목이 다 쉬도록 엄마를 부른다고, 끌끌 혀를 찼다. 선호가 운다니, 목이 쉬도록 나를 찾는다니. 무당의 말 하나하나가 경숙의 살점을 뚫고 파고들었다. 경숙은 지갑의 돈을 모두 꺼내 무당에게 주고 그길로 바다로 갔다. 바다란 바다, 섬이라는 섬은 모조리 휘젓고 다녔다. 그러나 선호는, 엄마를 부르며 운다는 선호는, 어디에도 없었다. 서해의 끝 어느 섬에서였다. 이 땅의 마지막 섬, 마지막 바다였다. 남편은 그녀를 따라나서지도, 말리지도 않았다. 그 작은 섬을 돌고 또 돌았는데도, 선호는 없었다. 갈라지고 짓무른 발바닥까지 기어이 어둠이 내렸을 때, 열을 지어 나는 새처럼 생겼다는 그 작은 섬에서 경숙은 꾸루룩꾸루룩 울었다. 경숙의 떨군 목덜미 위로 한 무리의 새들이 일제히 날아올랐다.

"굿을 하자."

무당은 굿만 하면 선호가 당장이라도 나타날 것처럼 경쾌하게 말했다. 군말 없이 돈을 내어주는 남편의 등은 허름했다. 바닷가에 굿판이 차려졌다. 죽어서도 나라를 지키겠다는 왕의 무덤이 있는 바다였다. 큰 굿이었다. 온갖 과일이 상 위에 넘쳐났고, 웃는 돼지머리에는 삼지창이 꽂혔다. 쌓아 올린 고기 편육에는 긴 검이 놓였다. 술과 전 옆에 나란히 선호가 좋아하던 과자와 사탕을 진설했다.

장구와 징이 울렸다. 녹색 비단옷을 입은 무당이 양손에 칼을 들고 나타났다. 나들이 나온 사람들이 몰렸다. 굿판은 구경꾼들로 둘러싸였다. 경숙은 두 손을 모으고 상체를 숙이며 빌고 또 빌었다. 무당은 종류가 다른 칼을 번갈아 휘두르며 격렬하게 머리를 흔들었다. 그녀의 옷자락이 칼바람에 펄

천사의 손길

럭였다. 그때, 작두가 등장했다. 구경꾼들의 사진 찍는 소리가 연쇄적으로 들렸다. 어떨 때 무당이 작두를 타지? 돈 많이 주면 타지. 사람들이 키득댔다. 금색 장군 모자를 쓴 무당이 작두 위로 올라갔다. 시커먼 칼날이 번득였다. 날의 몸통에 황금색 용이 선연히 새겨져 있었다. 작두 위의 무당은 전지전능해 보였다. 적어도 경숙에겐 그랬다. 무당은 칼을 휘두르며 겅중겅중 뛰었다. 형형색색의 깃발이 바람 속에서 펄펄 끓었다. 그러다 무당은 맞지도 않는 어린아이 한복을 억지로 껴입었다. 그러고는 엉덩이를 씰룩이며 양팔을 구부려 모아 허공을 향해 집게손가락을 찔렀다. 짱구 춤이잖아! 구경꾼 중 누군가 소리쳤다. 그게 신호라도 되는 듯 사람들은 입을 모아 무당의 춤에 박자를 맞추었다. 울라, 울라! 울라, 울라!

기분이 좋으면 선호는 짱구를 흉내 내며 그렇게 춤을 추곤 했다. 경숙 앞에 바지를 끌어 내려 엉덩이를 반쯤 드러내고는 부끄러운 줄도 모르고 추던 그 춤이었다. 무당은 지금 선호였다. 경숙은 숫제 땅에 얼굴을 박고 선호의 이름을 부르고 또 불렀다.

그러더니 갑자기 뚝, 무당은 행위를 멈추었다. 심장을 홀리던 장구와 징 소리도 그쳤다. 무당은 더 이상 춤을 추지 않앉고, 소란스럽던 굿판에 거짓말처럼 정적이 흘렀다. 경숙은 파묻었던 고개를 들었다. 무당이 경숙을 내려다보고 있었다. 빨간 립스틱을 바른 입이 말했다.

"그 애 죽었다!"

경숙은 그렇게 말하는 무당의 입술을 노려보았다. 처음부터 무당의 그 입이 마음에 들지 않았다. 무당의 시뻘건 입술이 선호를 삼켜버린 것 같았다. 아아아아아! 경숙은 작두를 밟고 무당에게로 뛰어갔다. 옆에 놓여 있던 칼을 집어 들었다. 덮쳐오는 경숙의 무게에 무당은 뒤로 벌렁 넘어졌다. 구경꾼들이 달려들어 경숙과 무당을 떼어놓았다. 그녀는 있는 힘을 다해 무당을 붙잡았지만 무당은 입고 있던 어린아이 한복을 벗어 던지며 그녀를 벗어났다. 짱구 춤을 추던 그 옷을 붙들고 경숙이 망연자실하는 사이, 무당과 구경꾼들이 서둘러 자리를 떠났다.

*

경숙은 꼬마에게로 달려갔다. 사무실이 비었다는 것도, 새벽 한 시라는 사실도 잊었다. 벨을 누르자 남자가 경숙을 맞았다. 아이는 쉽게 잠들지 못했다. 반드시 엄마를 데려오겠다는 다짐을 몇 번이나 받아내고서야 꼬마는 침대에 누웠다. 남자가 침대맡에서 이마를 덮은 아이의 젖은 머리를 뒤로 쓸어 넘겼다. 경숙은 이불을 끌어와 가슴까지 덮어주었다. 투정을 하던 아이는 간신히 잠에 빠졌다. 오늘은 제가 옆에 있을게요. 경숙이 말했다. 저러다 다시 깨서 울기도 합니다. 남자도 그 방에 남았다. 경숙이 까무룩 잠들었다 눈을 떴을 때 남자는 팔을 베고 바닥에 엎드린 채 누워 있었다. 경숙은 잠든 아이의 볼을 한번 쓰다듬고는 시계를 보았다. 그가 서둘러 일어서는 경숙의 손을 잡았다. 고마워요. 남자는 여전히 눈을 감고 있었다. 따뜻한 손이었다.

경숙은 천사 호출에서 해고되었다. 대신 꼬마 집에 취직했다. 이모님이 관둬서 마침 사람을 찾던 중이라고, 남자가 말했다. 경숙은 일찍 출근해서 꼬마와 그의 아침을 차렸다. 그러다 언제부터인가 식탁에 같이 앉아 밥을 먹었다. 꼬마를 유치원에 데려다주고 데리고 왔으며, 장을 보고 집 안을 청소했다. 퇴근하는 남자를 꼬마와 함께 기다렸고 같이 저녁을 먹었다. 벽시계가 자정을 향해 가면 그제야 허둥지둥 집으로 돌아왔다.

당신 요즘 잘 자더라, 남편이 말했다. 그리고 손을 뻗어 경숙을 안았다. 아이를 갖자, 아이가 생기면 훨씬 나아질 거야. 남편은 아이를 원했다. 그러나 경숙은 남편을 마주 보는 것조차 용기가 필요했다. 선호는 남편을 쏙 빼닮은 아이였다. 선호의 얼굴을 한 남편을 껴안고 새로운 아이를 만들 자신이 없었다.

어쩌면 선호가 죽었을지도 모른다고, 경숙도 생각해보지 않은 것은 아니었다. 그러나 생각하는 것과 입 밖으로 내뱉는 것은 다른 문제였다. 씻김굿을 해주겠다는 무당의 전화를 받은 것은 남편이었다. 돈은 받지 않겠다고 했다. 선호가 매일 밤 자신을 찾아와서 본인의 마음도 편치 않다고 했다. 망자가 편히 떠나야 남은 사람도 살 수 있다고, 남편을 설득했다. 남편은 수화기를 든 채 경숙을 바라보았다. 남편은 마치 착한 학생처럼 경숙 앞에서 고개를 끄덕였다.

하얗고 긴 천이 해변에서 바다로 깔렸다. 긴 길이었다. 그 길 끝에는 작은 배가 있었다. 색색의 종이로 만든 연꽃이 장식된 배였다. 그것은 상여였다. 무당이 배를 바다로 띄워 보냈다. 경숙은 인정할 수 없었다. 무가를 부르며 선호의 형체를 씻기는 무당을 뒤로하고 경숙은 배를 향해 뛰었다. 그녀를 말리며 남편이 흰 길을 따라 밟았다. 남편의 품에서 경숙은 맥없이 무너졌다. 배는 바다로 나아가고 있었다. 경숙은 무릎으로 걸었다. 흰 천을 입으로 물어뜯었다. 바다로 난 길을 지워야 했다. 무당이 경숙을 노려보며 말했다. 곱게 보내지 않으면 망자도 심술을 부려! 저 입, 무당의 저 시뻘건 입 때문이라고 절규했지만 경숙의 외침은 소리가 되지 못했다.

나가봐야 해. 경숙은 몸을 비틀어 남편의 품을 빠져나왔다. 그날 꼬마의 집에 도착한 경숙에게 남자는 급하게 출장을 가야 할 일이 생겼다고 했다. 꼬박 이틀은 걸릴 거라며 경숙의 눈치를 살폈다. 경숙은 등 뒤로 꽂히던 남편의 시선이 신경 쓰였지만 다녀오라고 했다. 하원하는 꼬마를 데리고 대형 할인점 안에 있는 키즈카페로 갔다. 꼬마는 신나서 놀이기구들 사이를 뛰어다녔다. 금방 친구를 사귄 아이는 경숙에게 손을 흔들어 보였다. 경숙은 아이 음료숫값을 미리 지불하고 아래층 매장을 돌며 장을 보았다. 남편에게 전화를 하려는 찰나, 누군가 아는 체를 하며 다가왔다. 선호와 어린이집을 같이 다닌, 꽤 친했는데 이사를 가는 바람에 소식이 끊긴 아이 엄마였다. 선호는요? 웃으며 아이 엄마가 선호 안부를 물었다. 키즈카페에서 놀고 있다고, 경숙은 대답했다. 그러고도 꽤 수다가 길어졌다. 경숙은 왠지 달뜬 기분이 되어 있었다.

다시 키즈카페로 왔을 때 꼬마가 보이지 않았다. 경숙은 아이들이 밖으로 나가지 못하게 만든 낮은 울타리를 훌쩍 뛰어 안으로 들어갔다. 직원들이 신발을 신은 채 돌아다니는 그녀를 제지했다. 경숙은 아이 이름을 불렀다. 아무리 불러도 꼬마는 나타나지 않았다. 직원 하나가 카페 구석에서 레고를 쌓느라 정신없는 꼬마를 데려왔다. 레고에 푹 빠진 아이는 무슨 상황인지 모르는 것 같았다. 아이는 정해진 시간을 꽉 채우고 나서야 아쉬운 듯 카페를 나왔다. 같이 놀던 친구에게 또 만나자는 인사도 잊지 않았다. 그제야 경숙은 자신이 목 놓아 부른 이름이 선호였다는 게 떠올랐다.

꼬마를 씻기고 밥을 먹이자 어느새 늦은 밤이었다. 숙제를 하다 잠든 아이를 침대로 옮겼다. 경숙도 낮의 긴장이 풀리며 졸음이 몰려왔다. 그녀가 눈을 떴을 때는 이미 창밖이 밝아오고 있었다. 휴대폰에는 부재중 전화가 수십 통 와 있었다. 모두 남편이었다. 경숙은 어제 남편과 통화하지 않았다는 사실을 깨달았다. 급히 전화를 걸었다. 남편은 받지 않았다. 꼬마를 유치원에 보내놓고 경숙은 서둘러 집으로 갔다. 걱정과 달리 남편은 곤히 자고 있었다. 감기 기운이 있어 하루 푹 쉴 참이라며 돌아누웠다.

*

 경숙이 꼬마 집 현관에 들어서자 기다렸다는 듯 전화벨이 울렸다. 강북 경찰서입니다. 경찰서, 란 말에 경숙은 퍼뜩 선호를 떠올렸다. 그러나 형사는 윤경철을 아느냐고 물었다. 모르는 이름이라고 여겼다가, 꼬마 아빠라는 것이 생각났다. 남자는 출장이 끝나는 날 집에 들어오지 않았다. 경숙은 가방을 어깨에 멘 채 현관에서 그를 기다렸다. 오늘도 남편을 혼자 있게 할 수 없어서 마음이 급했다. 밤이 늦도록 그는 돌아오지 않았고, 전화기는 꺼져 있었다. 꼬마를 혼자 둘 수는 없었다. 하는 수 없이 경숙은 그날도 집에 들어가지 못했다. 어쩐 일인지 남편과도 통화가 되지 않았다.

 경찰의 전화를 받고 경숙은 병원으로 달려갔다. 남자의 상태는 심각했다. 머리 한쪽이 거의 뭉개졌고 눈알이 튀어나와 있었다. 온몸은 피범벅이었다. 의식이 있을 리가 없었. 경숙은 꼬마의 양 볼을 감싸 고개를 돌렸다. 이건 뭐 죽이려고 작정한 거라. 옆에서 경숙과 꼬마를 살피던 형사가 말했다. 배가 불룩하게 나온 그는 사고 소식을 전하던 전화기 속의 그 음성이었다. 형사가 경숙에게 피해자와 어떤 사이냐고 물었다. 사장니임……, 경숙은 말끝을 흐렸다. 남자에게

월급을 받으니 아주 틀린 말도 아니지만 딱 맞는 말도 아닌 것 같았다. 사장님이라, 형사는 경숙의 말을 따라 하며 아래위로 그녀를 훑었다. 형사의 다크서클이 천천히 내려갔다 다시 올라왔다. 남자들은 경숙을 보면 대개 경계를 풀었다. 아니, 친절해졌다. 급히 나오느라 대충 틀어 올린 경숙의 숱 많은 검은 머리는 흰 피부에 붉은 입술과 잘 어울렸다. 마흔이 넘은 나이임에도 어떤 면에선 청순하게까지 보였다. 누군가에게 심하게 폭행당했어요. 형사의 목소리는 조금 전보다 한결 부드러웠다. 형사는 경숙의 남편에 대해서도 이것저것 물었다. 일단 모든 가능성을 열어두고 수사를 진행하는 거라서 그렇다고 했다. 그리고! 경찰이 조금 뜸을 들이다 말했다. 이런 경우 남편은 중요한 용의자 중 한 명이죠. 경숙은 형사가 말하는 이런 경우, 에 대해 생각했다. 미리 그렇게 겁먹을 필요는 없다고, 형사는 경숙의 어깨를 여러 번 두드렸다.

경숙은 아이를 자신의 집으로 데려갔다. 남편은 아이 아빠가 많이 다쳤다는 것과 그래서 데리고 있어야 한다는 사실을 흔쾌히 받아들였다. 네가 그 애구나. 안녕, 꼬마야. 남편은 아이에게 처음부터 호의적이었다. 남편이 꼬마와 농구를 하러 가겠다고 해서 경숙은 옷장 안을 살폈지만, 남편이 즐겨 입던 등산복이 보이지 않았다. 버렸어. 못에 걸려 옷이 찢어졌다고 했다. 자주 신던 신발도 보이지 않았다. 물건을 잘못 버리는 사람이라 이상했지만 현관에서 남편을 기다리는 꼬마 때문에 경숙은 더 묻지 않았다.

아이도 예상보다 훨씬 더 빨리 적응해나갔다. 물론 처음엔 약간 어색해했다. 하지만 워낙 붙임성이 좋은 아이였고, 늘 바빴던 아빠와는 달리 경숙의 남편은 아이와 보내는 시간이 많았다. 꼬마는 선호의 책상에서 숙제를 하고, 선호의 잠옷을 입고 선호의 침대에서 잠을 잤다. 남편은 꼬마에게 야구와 축구를 가르쳤고, 경숙의 눈을 피해 온라인 게임에서 만나는 사이가 되었다.

범인이 잡혔어요, 익숙한 목소리였다. 사실 내가 이 말을 해줄 의무까지는 없는데, 입술을 바르르 떨던 경숙씨 얼굴이 남아서 말이야. 경숙은 형사의 다크써클을 떠올렸다. 대리기사가 범인이라고 했다. 남자가 거래처에서 수금한 돈과 그의 명품 시계가 그날 운전했던 대리기사의 집에서 나왔다고 한다. 대리기사는 끝까지 자신의 범행을 부인한다고 했지만, 특수강도전과 5범인 그가 범인이 아닐 확률은 거의 없다고 했다. 폭행의 정도가 너무 잔인해서 원한 관계가 아닐까 했는데, 놈을 잡고 보니 원체 그런 녀석이라 이해가 된다고 했다. 해결해야 할 사건은 차고 넘치고, 범인이 잡혔으니 수사를 종결한다고 덧붙이며 형사는 전화를 끊었다.

꼬마를 입양하자는 말은 남편이 먼저 꺼냈다. 남자는 식물인간 상태로 차도가 없었다. 꼬마가 경숙의 집에 온 지도 1년이 되어가고 있었다. 엄마는 죽고 아빠의 상태가 저러니 남편은 알아보면 방법이 있을 거라고 했다. 경숙은 고개를 끄덕였다. 그날부터 그들은 꼬마를 선호라고 불렀다. 그들이 꼬마에게 선호야, 하고 부르면 언제부턴가 꼬마가 네, 하고 대답했다.

꼬마의 입양에 동의한 날, 셋은 처음으로 함께 남자의 병문안을 갔다. 가끔 꼬마와 병원을 간 적은 있지만 남편과는 아니었다. 병동 입구 데스크에서 간호사 둘이 차트를 정리하고 있었다. 경숙이 익숙하게 음료수 한 통을 올려놓았다. 경숙을 알아본 그들은 반갑게 인사를 건넸다. 남편의 팔짱을 끼고 경철의 입원실로 걸어가는 경숙을 가리키며 한 간호사가 말했다. 저 남자는 뭐야? 식물인간 아저씨가 남편 아니었어? 아니야, 김 선생. 저 꼬마도 저 여자 아들 아니래. 그 집에서 일해주는 아줌만데 사고 이후 엄마 없는 꼬마와 아빠를 저렇게 지극정성으로 돌봐주는 거야. 정말? 천사가 따로 없네. 다른 간호사가 맞장구를 쳤다. 그지? 날개만 없지, 완전 천사야.

경숙이 남자 옆으로 꼬마를 밀자 아이는 마지못해 아빠 곁에 섰다. 사고가 난 날 병원에서 그의 얼굴을 본 것이 충격이었는지 꼬마는 아빠를 무서워했다. 지금은 그때에 비하면 많이 좋아진 편인데도, 아이는 남자 옆에서 늘 쭈뼛거렸다. 경숙은 남편에게도 가까이 오라는 손짓을 했다. 남편도 머뭇거리며 어색해하기는 마찬가지였다. 천장을 향해 멀뚱하게 눈을 껌뻑이는 남자에게 남편이 말했다. 이제 아무 걱정하지 마십시오, 아이는 우리가 잘 키우겠습니다. 그때였다. 남자의 초점 없던 눈동자가 목소리가 나는 쪽으로 움직인 것은. 경숙은 그 순간을 놓치지 않았다. 꼬마가 얼른 나가자며 남편에게 매달렸다. 면회가 끝나면 놀이공원에 가기로 한 약속에 아이는 들떠 있었다. 우리 먼저 나가 있을게, 당신도 곧 나와. 남편이 병실 문을 향해 걸어갈 때 경숙은 남자의 손가락이 까닥이는 것도 보았다. 경숙은 어떤 골똘한 생각에 빠졌다. 이윽고 경숙은 조용히 일어나, 남자의 귀에다 무언가 속삭였다. 갑자기 남자의 사지가 꿈틀대는가 싶더니 온몸을 떨며 경련을 일으켰다. 경숙은 그 모습을 조용히 지켜보았다. 얼마의 시간이 흘렀을까. 남자는 얌전해졌고, 다시 의미 없이 눈을 끔뻑일 뿐이었다. 경숙은 병실 문을 향해 걸어가다 다시 돌아와 남자의 침대를 비상호출 버튼과 가능한 한 멀리 떨어뜨려 놓았다. 그리고 병원 복도로 나와 아주 천천히 걸었으나 뒤돌아보지 않았다.

놀이공원에서 돌아오는 길에 경숙은 미소를 지으며 아이에게 말했다. 이제 엄마라고 불러. 오늘부터 내가 네 엄마야. 꼬마가 남편의 목말을 타고 있었으므로 고개를 한껏 위로 치켜올려야 했다. 꼬마가 뭐라고 대답했지만 잘 들리지 않았다. 되묻는 경숙을 위해 남편이 아이를 땅에 내려놓았다.

"아줌마가 바로 천사였다고요. 아빠가 그랬잖아요. 내 엄마는 천사라고."

그 밤, 선호가 죽고 처음으로 경숙은 남편과 사랑을 나눴다. 혼곤하고 저릿한 절정이었다. 이제 선호는 남편의 얼굴을 하고 있지 않았다. 잠든 남편을 두고 경숙은 마당으로 나왔다. 구석진 담벼락 아래를 손으로 팠다. 검은 비닐봉지가 드러났다. 준비해간 라이터로 불을 붙였다. 가느다란 연기를 피워 올리며 타닥타닥, 등산복의 소매가 타들어갔다. 멀리서 길 잃은 고양이의 울음소리가 들려왔다.

트라우마의 재현

소유정 (문학평론가)

"이화정의 작품은 트라우마와 연결해 그로테스크한 분위기를 깊이 있게 자아내는 능력이 탁월하다"는 2023년 심훈문학상 심사평처럼 이화정의 소설을 이루는 중심축은 트라우마에 있다. 소설마다 빠지지 않는 트라우마의 재현은 단순히 인물의 약한 부분을 드러내기 위함만은 아닐 것이다. 이화정의 소설에 있어 트라우마는 인물이 다음 스텝으로 넘어가기 위해 반드시 건너야만 하는 구멍이다. 언제든지 다시 마주할 수 있고, 돌아갈 수밖에 없는 아픈 시간들이지만, 그럼에도 그 시절을 다시금 마주하는 것으로 그들은 내일을 향해 또 한걸음을 디딜 수 있게 된다.

인물들의 트라우마는 대개 폭력의 얼굴을 하고 있다. 「당신」, 「야생의 시간」, 「문」, 「엄마의 진심」, 「라스베이거스 여인숙」까지. 대부분의 소설에서 찾아볼 수 있는 상흔은 그 층위 역시 다양하다. '자갈마당'이라고 불리던 성매매 집결지에서의 성 착취(「라스베이거스 여인숙」)와 남성 어른에 의한 친족 성폭력(「당신」, 「문」)과 같이 폭력의 피해자로서 증언하는 이들도 있고, 가정폭력의 피해자인 엄마를 구할 수 있는 유일한 구원자이자 목격자(「엄마의 진심」)도 있다. 또는 직접적인 가해는 아니지만 "남편의 자해는 내게 휘두르는 주먹이라는 것을"(50쪽) 깨닫게 하는 것으로 폭력을 경험하는 인물(「야생의 시간」)도 발견할 수 있었다.

이 중에서도 온몸으로 고통의 시간을 견뎌야만 했던 이들에게는 '나'라는 존재 그 자체가 하나의 거대한 트라우마 덩어리가 아닐 수 없다. 가령 「라스베이거스 여인숙」에서는 '홍 할머니'가 그러한 존재일 것이다. 고레에다라는 한 일본인 노인의 도움 요청으로 마침 협업하여 재개발을 진행 중이었던 D시의 자갈마당에 대해 알아보던 민은, 재개발 반대의 중심축이었던 홍 할머니가 노인의 친어머니라는 사실을 알게 된다. 자신의 아이를 죽였다는 죄로 수감되었던 홍 할머니의 전사를 알게 된 것도 그 이후부터다. 고레에다 이후로도 아이를 넷이나 낳았다는 그녀가 임신과 출산에 대한 자각을 하지 못하고 그저 "찌꺼기 같은 것"이 몸에서 나왔고, 그것을 "처리"(162쪽)했을 뿐이라 설명했던 건 임신 거부증 때문이었다. 이는 인공 수정으로도 임신이 되지 않지만, 상상 임신으로 고통을 겪고 있는 민의 아내와는 반대의 사례였다. 임신에 대한 신체적 증상으로도, 증상에 대한 표현(초원과 황무지)으로도 홍 할머니와 민의 아내는 대조되는 인물이지만, 민은 홍 할머니의 이야기를 통해 아내를 이해해보고자 한다. 두 사람은 모든 면에서 대조적이지만 "내 아이라고 생각"하는 "그 아이"(167쪽)만을 인정하고자 했다는 점에서는 같았던 까닭이다. '내 아이'에 대한 아내의 병적인 집착은 반복되는 입양과 파양으로 나타나고, 결국 좁힐 수 없는 차이가 커져 이혼하게 되지만, 민에게 있어 홍 할머니의 존재는 타인에 대한 이해의 시도로 작용했다는 점에서 유의미하다. 또한, '초원'이라는 이름을 간직한 채 뒤늦게 어머니의 흔적을 찾아온 한 노인에게는 더욱이 그럴 것이다.

분명 다르지만 어딘가 닮은 얼굴을 하고 있는 이들은 「당신」에서도 이어진다. 첫사랑이었던 '당신'은 '나'와 비슷한 처지이며, 같은 취향을 갖고 있다는 점에서 유사했으나, 아이러니하게도 '나'를 아프게 했던 삼촌의 다정스러운 면모

와도 닮아 있었다. 함께 떠난 처음이자 마지막 여행에서 '당신'이 홀연히 떠난 이후, '나'는 모든 게 달랐던 '그이'와 결혼을 하게 된다. 어떤 소식도, 생사 확인조차도 되지 않은 채 한 시절의 기억으로 남아 있는 것이 다였던 '당신'이었으나, '나'에게서 그는 지울 수 없는 낙인이 되고, 오랜 시간이 흘러 '나'는 물리적인 치료로 '당신'을 지워보고자 한다. 그러나 의료사고와 같은 설명되지 않은 우연으로 "당신의 얼굴이 그이의 얼굴을 하게 되었다는 것과 당신의 기억은 이제 그이의 얼굴을 하고" 마치 "커버곡으로 재탄생"(16쪽)하게 되었다는 사실을 '나'는 뒤늦게 깨닫는다. 지우려 했지만 여전히 지울 수 없는, 오히려 당신과 그이를 구별할 수 없게끔 겹쳐지는 얼굴로 말이다.

「문」에서의 은영과 문 역시 다르지 않다. 아버지의 죽음으로부터 도망쳐 문의 간병인으로 지내던 은영은 자신과 비슷한 사람을 사랑했다는 문의 과거를 듣는다. 아내의 구원자가 되고자 다짐했지만, 깊은 우울 속에서 그녀를 건져낼 수 없었으며 아직도 그때의 꿈을 꾼다는 문의 이야기를 듣고 은영은 그의 밤을 지키기로 한다. "은영은 문의 슬픈 꿈을 지켰고, 문은 잠 못 드는 은영을 재웠"던 어느 아침, 그녀는 "타인의 신체가 위로가 될 수 있다는"(86쪽) 것을 처음 알게 된다. 자신에 대해 전부 말하지 않았지만, 곁에 있음으로써 두 사람은 자신의 가장 약한 부분을 보여주고, 내맡기며 서로의 위로가 된다. 문의 죽음으로 오래 이어질 수는 없던 이 위로는 그 이후에도 은영에게는 유효하다. "엄마의 기일이자 자신의 생일"(83쪽)마다 하나씩 쌓여가던 피어싱 구멍은 일종의 자해였다. 문의 죽음 이후 처음 맞은 생일에 은영은 그의 손이 있던 자리에 조그마한 타투를 새기는 것으로 구멍을 대신한다. 이는 "그녀의 지난날을 염(殮)하는 것 같았다"(95쪽)는 서술처럼 자신의 아픈 과거에 대한 애도임과 동시에 문에 대한 애도이기도 하다. 아울러 몸 그 자체가 되어버린 트라우마의 흔적을 위로가 되었던 이의 손으로, 또 자신의 손으로 스스로 덮어보려는 움직임으로서도 의미가 있다.

이화정 소설의 또 다른 특징은 이국적 풍경을 배경으로 삼고 있다는 것이다. 화려한 도시와 자연의 초원 등 작가가 그려내는 다양한 배경의 공통점은 인물들이 이별을 경험하는 장소라는 사실일 테다. 이국이라는 뜻이 그러하듯 떠나올 수밖에 없는 장소에서 이화정의 인물들은 저마다의 관계를 정리한다. 아내와 이혼하고(「라스베이거스 여인숙」), 첫사랑과 헤어지며(「당신」), 지난날을 돌아보며 자신의 삶과 이별하기도 한다(「부겐빌레아 속으로」). '야생'이라고 할 만큼 어떤 조건도 필요하지 않은, 마음이 동하는 진정한 사랑을 잠시 만났다 헤어지는 곳 역시 이국의 땅이다(「야생의 시간」). 이처럼 이별의 정취를 고조시키는 장소로 이국적 배경이 효과를 보여주는 가운데, 이별 또한 인물의 트라우마를 이루는 한 축임을 알 수 있다. 이 경우에는 대체로 트리거가 되는 분명한 대상이 존재한다. 예컨대 「부겐빌레아 속으로」에서 연희의 연인이었던 선배가 죽기 전 남긴 하이힐이 트라우마로 남아 수십 년이 지난 뒤에도 그녀를 발작하게 만든 것처럼 말이다. 「엄마의 진심」에서 엄마를 끊임없이 따라온다는 맨발의 아이가 죽은 아이가 아니라, 가정 폭력을 당하고 도망치던 그녀의 뒤를 쫓던 '나'였다는 사실도 같은 맥락에서 이해해볼 수 있다. 이처럼 인물들을 고통스럽게 하는 각각의 이별들이 존재하는 사이, 그중에서도 가장 끔찍한 기억으로 남아있는 건 「천사의 손길」에서 아이의 실종이다. 이 소설은 후반부의 서스펜스로 수록작 중 가장 서늘한 느낌을 선사하는 작품이기도 하다. 정차한 차에 아이를 두고 잠시 빙수를 사러간 사이, 차도 아이도 사라진 것으로 경숙은 선호를 잃는다. 때문에 몇 년째 불면을 앓았고, 밤에 할 수 있는 일을 찾던 중 택시 호출서비스센터인 '천사 호출'에서 근무하게 된다. 어느 날

'천사가 된 엄마를 불러달라'는 꼬마의 전화를 받게 되고, 경숙은 매일 밤 아이와 통화를 하다 낮에는 그 집에 방문하여 함께 시간을 보내기까지 한다. 사건이 발생하는 건 꼬마의 아빠인 경철이 이틀간 출장을 간다며 경숙에게 아이를 맡긴 이후부터다. 이틀이 지나도 돌아오지 않던 경철은 의문의 사고를 당해 식물인간이 되고, 오갈 곳이 없어진 꼬마를 경숙과 그의 남편이 돌보게 된다. 이후 꼬마를 자신의 아이로 입양하며 경숙은 아이의 진짜 엄마가 된다. 얼핏 경숙의 행동은 "날개만 없지, 완전 천사"(209쪽)라는 주변의 반응처럼 칭송을 얻기에 마땅해 보인다. 그러나 이 일련의 사건들에 의구심이 드는 까닭은 경철의 사고를 둘러싼 단서들 때문일 것이다. "물건을 잘 못 버리는 사람"이지만 "남편이 즐겨 입던 등산복"과 "자주 신던 신발"(208쪽)이 사라졌고, 그 물건들이 마당 구석에서 "검은 비닐봉지"(211쪽) 안에 파묻혀 있었다는 사실, 남편의 목소리에 "경철의 초점 없던 눈동자가 목소리가 나는 쪽으로 움직"였고, 경숙이 무언가를 속삭이자 경철이 "온몸을 떨며 경련을 일으켰다"(210쪽)는 사실 역시 의문스러운 지점이다. 뿐만 아니다. 꼬마를 실종된 아이의 이름인 선호로 부른다는 것이 가장 기괴하게 느껴지는 바, 이 소설은 아이를 잃은 부모가 치밀하게 계획한 하나의 유괴극과 같다. "아줌마가 바로 천사였어. 아빠가 그랬잖아요. 내 엄마는 천사라고."(211쪽) 아이의 해맑은 목소리와 대조되는 섬뜩함은 소설이 끝난 뒤에도 오래도록 남아 있었다.

이 책에 수록된 일곱 편의 소설에서 우리는 끊임없는 트라우마의 재현을 발견했다. 트라우마의 구멍은 대개 그것을 메우려는 시도로 이어진다. 이화정의 소설에서 반복적인 재현으로 나타나는 트라우마는 그 자체로 치유와 긴밀하게 연결되지는 않는다. 하지만 이미 앞서 말한 것처럼 인물의 다음 여정을 가기 위해서는 반드시 넘어야만 하는 징검다리 사이의 허방이다. 이 책을 통해 그의 소설은 무사히 한 발을 건넜다. 작지 않은 성취에 응원을 보내며, 이화정이 걸어갈 다음의 길을 기대한다.

작가의 말

　요즘 몰두하는 소설 속 문장 하나가 있다. 좋아해서 몇 번이나 읽은 소설인데 그것은 최근에야 내 눈에 들어왔다. 그 문장은 '사람은 인생의 것이지'이다. 흔히 인생은 우리의 것이라 여기는데, 이 글은 거꾸로 우리를 인생의 것이라고 말한다.

　나는 절대로 소설가가 되지 않겠다고 결심한 적도 없지만, 반드시 소설가가 되겠다고 다짐한 적도 없었다. 그래서 소설가가 되었을 때 무척 기뻤지만, 약간은 어리둥절하기도 했다. 그러나 생각해보면, 소설가가 아니면 내가 무엇이 될 수 있었을까. 나의 모든 성향이, 지나온 모든 시간이 오직 그것을 향해 달려왔다는 생각이 든다. 그렇지 않고서는 지금 내 안에 터질 듯 부푼 소설에 대한 경애를 달리 설명할 길이 없다. 과연, 나는 인생의 것이었다.

막연하게나마 글을 써서 먹고살고 싶다, 는 소망이 있기는 했다. 하지만 등단한 뒤에는 소설을 생계로 삼지 않겠다고 오히려 마음을 바꿔 먹었다. 물론 그것이 기분 좋은 다른 가능성까지 전부 배제했다는 뜻은 아니다.

나는 쓰고 싶은 것이 있을 때만 소설을 썼다. 쓰기 위해 쓰지 않았고, 써야 해서 쓰지도 않았다. 누구는 매일 시간을 정해놓고 일정량을 쓰고, 어떤 이는 밤을 꼬박 새워 내내 쓴다는 얘기가 전설처럼 들려왔다. 그때마다 주눅이 들었고 자격 미달 같았다. 그러나 나는, 나에게도 소설에게도 화내고 싶지 않았다. 둘 다 함부로 대하기 싫었다. 게으른 열정, 소중한 것을 지치지 않고 오래 사랑하는 내 방식이다.

좋아하는 소설가는 많지만 그 소설가처럼 되고 싶다거나, 그 소설가를 뛰어넘겠다고 생각한 적은 없다. 위대한 소설가는 너무나 많고, 훌륭한 작품도 셀 수 없어서 그것은 내가 닿을 수 없는 영역이다. 단지 내겐, 나의 이번 소설이 나의 저번 소설보다 나아야 한다는 강박만이 있다. 새로 쓴 소설이 이미 쓴 소설을 무너뜨리고 저벅저벅 앞으로 걸어 나가는 것, 그것만이 목표이다. 그렇게 부지런히 걸어서 내가 사는 도시를 벗어나고, 국경을 건너는 날을 생각한다.

  이 소설집에 실린 소설들은 그 목표를 향한 나의 노력이다. 그리고 그 노력의 응답은 언제나 진혀 예상하지 못한 사람들에게서, 저 먼 곳으로부터 날아왔다. 그것은 내게로 와서 자랑이 되었다. 하지만 독자는 내 소설의 연대기를 잘 분간하지 못했으면 하는 바람도 있다.

  세상에 일어나는 많은 일들의 심연을 들여다보면 사랑이 똬리를 틀고 밑바닥에 자리한 경우가 대부분이다. 시간과 공간이 더해져 전혀 상관없는 것처럼 보이지만 대상의 변형과 변주일 뿐이다. 이 소설집에 실린 소설들은 모두 사랑에 관한 이야기다. 언뜻 그렇게 여겨지지 않는 소설조차 그렇다. 나는 사랑의 열렬한 지지자이고, 언제나 상처 입은 자들의 편이다. 앞으로 쓰일 나의 소설도 그것에 부상당한 이들에 관한 넓고 아득한 탐구가 될 것 같다.

2024년 봄, 이화정

야생의 시간
ⓒ 이화정

2023년 3월 29일 초판 1쇄 발행

지은이 이화정
펴낸이 김재범
펴낸곳 (주)아시아
출판등록 2006년 1월 27일 제406-2006-000004호
이메일 bookasia@hanmail.net

ISBN 979-11-5662-696-1 03810

*값은 뒤표지에 표시되어 있습니다.
*이 책 내용의 전부 또는 일부를 재사용하려면 반드시 저작권자와 아시아 양측의 동의를 받아야 합니다